आशियाना

जीवन, प्रेम, प्रकृति और संस्कृति के विविध
रंगों को रचती कहानियाँ

आशियाना

जीवन, प्रेम, प्रकृति और संस्कृति के विविध
रंगों को रचती कहानियाँ

अपर्णा गोरे

वाणी प्रकाशन

प्रकाशन के उत्कृष्टतम 60 वर्ष

vaniprakashan.com

सजिल्द प्रथम संस्करण : 2024

वाणी प्रकाशन

4695, 21-ए, दरियागंज, नयी दिल्ली-110 002

फ़ोन : 91 11 23273167, 23275710

शाखाएँ

अशोक राजपथ, पटना-800 004, बिहार

कॉफ़ी हाउस कैम्पस, महात्मा गांधी मार्ग, इलाहाबाद-211 001, उत्तर प्रदेश

महात्मा गांधी अन्तरराष्ट्रीय हिन्दी विश्वविद्यालय, वर्धा-442 001, महाराष्ट्र

36/ए, शेक्सपियर सरणी, रानी बिरला गर्ल्स कॉलेज के पास, कोलकाता-700 017, प. बंगाल

sales@vaniprakashan.in
vaniprakashan@gmail.com

Ashiyana
by Aparna Gore

ISBN : 978-93-5775-343-2
Collection of Stories

मूल्य : ₹ 350

आर. टेक ऑफ़सेट प्रिंटर्स, दिल्ली-110 032 में मुद्रित

वाणी प्रकाशन का लोगो मक़बूल फ़िदा हुसेन की कूची से

आभार

अपने लेखन-कार्य की पूर्णता के सन्दर्भ में आश्वस्त हूँ। स्वरचित चौदह कहानियों का संकलन 'आशियाना' की प्रस्तुति में अपने दोनों परिवारों गोखले परिवार और गोरे परिवार के सदस्यों से मुझे महत्त्वपूर्ण जानकारियाँ और अपेक्षित सहयोग प्राप्त हुआ। मेरे सरस लेखन-कार्य में मेरी सुपुत्री राजसी एवं सुपुत्र कोविद ने जीवन के पल-पल को कहानियों के माध्यम से निभाने का हौसला दिया। कहानी के टंकण-कार्य को सुव्यवस्थित रूप से प्रस्तुतीकरण योग्य बनाने के लिए श्री सत्यनारायण चतुर्वेदी की आभारी हूँ।

इस पुस्तक के लेखन-कार्य की सफलता का श्रेय मैं महात्मा गांधी अन्तरराष्ट्रीय हिन्दी विश्वविद्यालय, वर्धा के प्रयागराज केन्द्र के वरिष्ठ आचार्य डॉ. अखिलेश दुबे, आचार्य डॉ. कमलेश यादव, आचार्य डॉ. अनूप कुमार तथा डॉ. ऋचा मैडम को देना चाहती हूँ।

निवेदक

अपर्णा गोरे

सहृदय पाठकों से...

'आशियाना' मेरा प्रथम कहानी-संकलन है। इसमें मेरी आपके साथ-साथ जीवन जीने की कोशिश संलग्न रहेगी। इस कहानी-संकलन में मेरे लिए आप सभी सहृदय पाठकों की ख़ातिर कहानी-लेखन की परम्परा का प्रस्तुतीकरण महत्त्वपूर्ण है। इससे भी अधिक महत्त्व इन्सानियत के मूलधर्म को अपनाना और समग्र भावनाओं को साकार अनुभूति प्रदान करना है। थोड़ी हँसी और थोड़ी ख़ुशी से हमारा आशियाना बनता है, कुछ फूलों से महकता है, एक दिल की तरह धड़कता है। कुछ सूरज की तरह जगमगाता है, कुछ चाँदनी-सा निखरता है। तिनके-तिनके जोड़कर बनाया हुआ घोंसला भी आँधी में बिखर जाता है, लेकिन हमारी मेहनत और आकांक्षाओं को प्रतिनिधित्व देते हुए हमारा आशियाना एक ही रहता है।

'आशियाना' हमारा बसेरा होता है, जहाँ सूर्य देवता के दर्शन से सवेरा होता है। हमारा 'घर' हमें आरम्भ देता है और हमारे 'निवास' में ईश्वर का वास होता है। जीवन की अभिव्यक्ति जिस स्थान पर होती है, वह 'बसेरा' होता है और घर का निर्माण करते हैं। पशु गुफा में विश्राम करते हैं। अपने-अपने बसेरे की ओर देर-सवेर लौटना ही होता है। इसी आशियाने में सपने पलते हैं, अपने मिलते हैं। आत्मीय परिजनों की एकत्र शक्ति का द्योतक आशियाना ही होता है।

मैंने इस कहानी-संकलन में 'आशियाना' और उसके इर्द-गिर्द घूमती कहानियों के ताने-बाने से बुनकर हमारी सद्‌भावनाओं का सुन्दर चित्र बनाया है। इस चित्र में चमकते हुए सितारे हैं, रंग-बिरंगे फूल हैं, उमड़ते-घुमड़ते बादल हैं, चमकती हुई रातें हैं तो तपते हुए दिन भी हैं। हमारा आशियाना उन सभी पात्रों की सराहना करता है। साथ ही, उन सभी पात्रों के जीवन में सफलता की कामना करता है, जो इन कहानियों में हमें जीवन के प्रति जागरूक और सौम्य दृष्टिकोण देते हैं।

आशा करती हूँ, इक्कीसवीं सदी के आरम्भिक दो दशकों की अनूठी कहानियाँ आपको पसन्द आयेंगी। कभी हँसायेंगी तो कभी करुणा, दया और सहिष्णुता की

भावना जगायेंगी। इन कहानियों में अनुभवों और साहित्य को अपनी क़लम से एक साथ काग़ज़ पर लिखा है। एक कोरे काग़ज़ को कुछ दृश्यों, कुछ शब्दों और कुछ रिश्तों से सजाने के अलावा अपनी भावनाओं को भी स्वप्निल अन्दाज़ में प्रस्तुत किया है। कई बार अवसाद और कटु अनुभव हमारे जीवन के लिए निराशाजनक रहते हैं। ऐसे ही मायूस क्षणों में लिखी गयी कहानियाँ हमारे जीवन में आशा की किरणों से प्रकाश देती हैं, हमें उल्लासमय वातावरण प्रदान करती हैं।

मेरी कहानियों में इन्सान ही मुख्य पात्र हैं। इन सभी कहानियों का धर्म और शिक्षण इन्सानियत है। इन्सानी भावनाओं को महत्त्व देते हुए इन्सानों का मधुर बर्ताव इन कहानियों की विशेषता है। 'आशियाना' कहानी-संग्रह 'सूर्योदय' कहानी से आरम्भ होता है। इसमें एक इन्सान आकाश का जीवन की तलाश का रोचक सफ़र है, जिसमें वह आगरे के ताजमहल और यमुना नदी के दिव्य दृश्यों के अतिरिक्त संगमनगरी प्रयागराज के भी कुम्भ मेले में घटित मनमोहक घटनाओं और जीवन के लिए अमृत कलश की कुछ बूँदों की प्राप्ति करता है। दूसरी कहानी 'पीला गुलाब' में एक माँ का अपने होनहार बेटे निहार के लिए दुलार को दर्शाया गया है।

'आशियाना' कहानी में निहार के नवनिर्मित एवं स्वप्निल 'आशियाना' का दृश्यांकन है। 'लिलि का पुष्प' सुवासित कहानी है जो मातृ-परम्परा के अनुसार नन्हे बालक का परिचय देती है। 'आशियाना है' कहानी में भोपाल शहर की सुन्दर छवि और जीवन के अटूट सम्बन्धों को सजाया गया है। सियाराम की कृपा से वैदेही ने जीवन में राम को सँजोया है।

'चिर-परिचित' कहानी में भाई-बहन के आपसी चिन्तारहित और मुस्कान-सहित सम्बन्ध को लिखकर बताया गया। मेरी क़लम ने जिस रिश्ते को सबसे क़रीबी और चिर-परिचित लिखा है, वह है सुमधुर बोलियों से बना भाई-बहन का अटूट रिश्ता।

कृष्ण, बलदेव और सुभद्रा के रूप में ईश्वर की तरह ही भाई-बहन उपासना और सद्भावनाओं के पात्र होते हैं। राम, लक्ष्मण, भरत, शत्रुघ्न ने तो 'रामायण' में सभी जनों का मन जीत लिया। हमारा 'आशियाना' रक्षाबन्धन और भाईदूज की महत्त्वाकांक्षा से लाभान्वित होता है। यहाँ माता-पिता का आदरणीय व्यक्तित्व दर्शनीय होता है तथा सन्तानों का गरिमामय उल्लेख प्रशंसनीय होता है।

'आशियाना' हमारे रिश्तों की डोर से बुना गया है। हमारे दृष्टिकोण के झरोखे ही इन बसेरों में ताज़ा वायु और गुनगुनी धूप को निमन्त्रण देते हैं। 'आशियाना' तो एक श्वेत महल भी होता है जिसके आसपास हरित उद्यान में राजकुमार व्योम

के लिए एक जलाशय में अमूल्य चमकती मछलियाँ तैरती हैं। जलाशय में खिलते कमलों पर सूरज की किरणें जब चमकती हैं, तो पूरा जलाशय जगमगाता है। श्रीमान चेंग, जो एक चीनी जोकर हैं, चमकती मछलियों के चोर की तलाश करते हैं। इस कहानी 'चमकती मछलियाँ' में अन्ततोगत्वा वे सफल हो जाते हैं।

'हरी आँखों वाली लड़की' कहानी में नदियों के जल की तरह पवित्र बन्धन को एक लड़की की चमकती गंगा नदी के पानी जैसी हरी आँखों द्वारा स्थापित करने का प्रयास किया गया है। जीवन में युवावस्था की एक अनोखी वास्तविकता है प्रेम और विवाह, एक आदर्श मिसाल को समाज की चेतना बनाती हुई यह कहानी पाठकों को अवश्य पसन्द आयेगी। घर, घर का आँगन और आँगन में तुलसी वृन्दावन और उसमें जलाया गया एक दीपक जीवन में फैली निराशा के अन्धकार को दूर करता है। दीपक से कालरात्रि का भय मिटता है। दीपक अत्याचारियों से विधिवत् लड़ता है तथा कुल की मर्यादा की रक्षा करता है। 'आशियाना' के सभी पात्र एवं घटनाएँ काल्पनिक हैं।

आशा है, हमारी मातृभूमि और मातृभक्ति का सबको सशक्त लेखनी से परिचय प्राप्त हो। हमारे समग्र जीवन में हमारी शक्ति, हमारी मुक्ति तथा हमारी सफलताएँ हमें अपने देश के समर्थ भविष्य की ओर अग्रसर करती हैं।

भारतीय परिवारों से हम अवगत ही हैं तथा परिवार के सभी सदस्यों ने पात्रों के रूप में 'आशियाना' कहानी-संग्रह की सुन्दरता में चार चाँद लगा दिये हैं। भारतीय परिवेश और भारतीय संस्कृति की प्रशंसा में लिखने के लिए शब्द कम पड़ गये हैं। ऐसा अनुभव हो रहा है जैसा कि सूरज को दीया दिखाया जा रहा हो।

अपनी प्रथम प्रस्तुति को अपनी पूजनीय भारतमाता की गौरवगाथा से युक्त करना चाहती हूँ। आभारी हूँ, पाठकगणों का जिनके अनुसार कहानियों में भारतीयता की कसौटी पर खरा उतरने की क्षमता बनी है।

पूजनीय पुण्य धरा भारती, भारत भारती, जय भारती।
चिर प्रांजल वसुन्धरा भारती, भारत भारती, जय भारती।
अजेय अपराजिता अक्षय भारती, अनमोल अमोघ अमृत भारती।
वत्सला विविधा अक्षरा भारती,
पूजनीय पुण्य धरा भारती, जय भारत भारती, जय भारती।
समृद्ध शालिनी उज्ज्वला भारती, भारत भारती, जय भारती।
प्रशान्त प्रबुद्ध पवित्र भारती, विश्व शान्ति की प्रसार आरती।
दर्शना, सुलोचना, मधुरा भारती, भारत भारती, जय भारती।
सुलक्षणा, संयुक्ता, स्वराभारती, भारत भारती, जय भारती।

लेखिका : **अपर्णा गोरे**

अनुक्रम

सूर्योदय

(एक)

सूर्योदय होने से आकाश के मुख पर किरणों की हल्की-हल्की थाप पड़ने लगी थी। आकाश का आँखें खोलने का मन नहीं था। रात्रि-जागरण किया था। सुबह चार बजे ये गद्दा और रज़ाई मिले थे। तकिये पर सिर रखकर सो गये थे आई.पी.एस. ऑफ़िसर आकाश। संगमनगरी प्रयागराज में शीत कोहरे की चादर बिछा रही थी। अतएव सूर्योदय देरी से हुआ था। आकाश ने करवट बदली, लेकिन मजाल कि सूर्य सिर पर खड़ा हो और वह सोता रहे। वह हड़बड़ाते हुए उठा और हाथ जोड़कर सूर्य देवता से कहने लगा, "हे प्रभु! हे सूर्य देवता! मुझे क्षमा करिए और कुछ नहीं तो देरी से उठने के लिए आपसे माफ़ी चाहता हूँ। आगे से ऐसा नहीं होगा, सूर्य भगवान!" आकाश ने सूर्य को ग़ौर से देखा। उसे लगा सूर्य भगवान प्रसन्न हैं तो उनसे बतियाने लगा कि, "आपको मालूम है न, भगवन् कि मैं पहली बार घर में किसी को कुछ न बताकर संगमनगरी प्रयागराज में सुसज्जित कुम्भ मेले का आनन्द ले रहा हूँ। मेरा बहुत मन था प्रयागराज में कुम्भ मेले के लुभावने दृश्य देखने का, तरह-तरह की दुकानें देखने का और कुछ नहीं तो गंगा-जमुना-सरस्वती के संगम तट पर घूमने का, तो इसलिए मैं यहाँ आ गया। बचपन में मेरी कल्याणी बुआ का घर यहीं था इसलिए कभी उनके यहाँ आना नहीं हुआ था। अक्सर मैं नाना-नानी के पास ही रहा। मेरा परिवार ख़ुशहाल परिवार था लेकिन नाना-नानी की इकलौती बेटी थी मेरी माँ अलका। इसलिए मेरे बड़े भाई सुहास और छोटी बहन सरोजिनी तो माँ के साथ ही रहे। मँझला बाबू आकाश नाना-नानी का दुलारा था और क़िस्मत से एक चमकता सितारा भी था। आप तो जानते हैं, सूर्य देवता कि मेरी जहाँ भी ड्यूटी होती है, मेरी बुआ कल्याणी सदैव मेरे साथ आकर रहती है।"

आँखों के सामने दूर तक गंगा नदी का विस्तार था। सूर्य की किरणें गंगा नदी की बहती धाराओं में अठखेलियाँ कर रही थीं। आकाश चंचल धाराओं को देख रहा था। कल्याणी बुआ मेरी पत्नी प्रभाती को भी अपने साथ ही लायी थी। वह उनकी ग़रीब सहेली वृन्दा की बेटी थी। वृन्दा के पिता दर्ज़ी थे और वृन्दा बच्चों को संगीत की शिक्षा प्रदान करती थी। बीस बरस की प्रभाती के सिर से माँ का साया उठ चुका था। डेंगू बुख़ार से वृन्दा की मौत हुई थी। अब तो प्रभाती से ही उसके नाना-नानी और छोटे मामा समीर की ज़िन्दगी की गाड़ी चल रही थी। बुआ की सहेली वृन्दा ने अपनी सुपुत्री को संगीत और सिलाई की उचित शिक्षा दी थी। इसलिए प्रभाती सुर-संगीत में तो पारंगत थी ही, सिलाई-कढ़ाई में भी उसका हुनर प्रशंसनीय था। कल्याणी बुआ ने बाबा विश्वनाथ की अनुकम्पा से वाराणसी में ही मेरा और प्रभाती का परिणय संस्कार किया था। मुझे प्रभाती की याद आ रही थी। प्रभाती सुबह की रागिनी की भाँति मेरे कानों में अब भी एक सुन्दर गीत गुनगुना रही थी।"

वो गीत जो सुबह का हो,
वो राग जो कलरव का हो,
जिस ताल पर मयूर नाचें,
उस स्वर से भाग्य जागे।...

"हे सूर्यदेव। आपके चमकते रथ की शोभ बनी रहे। आपकी जगमगाती किरणों से गंगा मैया का शृंगार और दुलार हो रहा है।" सूर्य-वन्दना पूरी हुई।

गंगा मैया के पावन दर्शन कर निर्मल मन से आकाश चाय की एक दुकान पर खड़ा था। कुल्हड़ भरकर अदरक वाली कड़क गरम चाय पीते ही सारी यात्रा की थकान दूर हो गयी थी। परसों सुबह ही उसने आगरा छोड़ा था। उसने कन्धे पर लटकाने वाले एक बैग में रुपये-पैसे, आधार कार्ड, पहचान-पत्र, दोनों मोबाइल स्विच ऑफ़ करके डाल दिये थे। चार जोड़ी शर्ट-पैंट, चार स्वेटर, बनियान, शर्ट्स, पैजामा और लुंगी-कुर्ता भी धीरे-से बैग में तह करके रख लिये थे। काफ़ी भारी बैग था लेकिन ज़रूरत का सामान एक झोले में डाल लिया था। सिर पर टोपी और कान पर मफ़लर, पैर में मोज़े-जूते और हाथ में घड़ी बाँधकर अपने ओवरकोट के बटन बन्द किये। एक जोड़ी चप्पल और दो जोड़ी मोज़े बटोरकर झोले में डाले। पाँच रूमाल और पर्स जेब में रख लिये। पानी की बॉटल भी रख ली थी। दो पैकेट बिस्कुट के उठाकर झोले में भरने पर किसी को कोई आहट न हो, इसलिए धीमे क़दमों से वह दरवाज़े तक सारा सामान उठाकर ले गया। फिर हल्के हाथों से सिटकनी खोली और मुँह-अँधेरे ही घर से भाग निकला। कल ही तो किसी तरह

सबसे छुपकर आकाश संगमनगरी पहुँचा था। उसे ख़ाकी वर्दी पहनने की आदत-सी हो गयी थी। इस प्रकार के सादे वेश को धारण करना अजीब-सा लगा था। सात वर्ष से भी ज़्यादा समय बीत गया था, ड्यूटी पर आई.पी.एस. ऑफ़िसर आकाश अपनी ख़ाकी वर्दी में ही होते थे। जब ड्यूटी पर नहीं होते थे तो घर में विभिन्न व्यंजनों को बनाने से लेकर खाने तक का आनन्द ले रहे होते थे। अगर शेफ आकाश का मेनू कार्ड देखें तो उसमें उत्तर प्रदेश, राजस्थान, पंजाब और महाराष्ट्र के सभी व्यंजन और पकवान शामिल थे। इसके साथ ही इतालवी और चायनीज फ़ूड भी बनाने और खाने में वे एक्सपर्ट थे। बात अगर चाय, कॉफ़ी या शरबत की हो तो ये सभी चीज़ें उसे काफ़ी पसन्द थीं। उन्हें हॉट ड्रिंक्स और कोल्ड ड्रिंक्स, विशेष रूप से मिल्क शेक, फलों के जूस और आइसक्रीम पसन्द थे। वे इन्हें पीकर अपने आप को स्वस्थ बनाते थे। एक बात और आइसक्रीम अमूल की हो या वाडीलाल की, सभी पसन्द थे। ये दोनों ब्रांड परफ़ेक्ट और स्पेशल हैं। आप जान गये होंगे कि शेफ आकाश कोई मामूली शेफ नहीं थे, अपितु जेल की दाल और रोटी के साथ क़ैदियों के जन्मदिन भी वे धूमधाम से मनाते थे। अपने जन्मदिन पर केक बेकिंग और आइसिंग कर 'हैप्पी बर्थडे' लिखा केक या आइसक्रीम देते थे। इसके अलावा वेडिंग एनिवर्सरी पर भी 'हैप्पी वेडिंग एनिवर्सरी' लिखा हुआ स्ट्राबेरी केक या चॉकलेट उपहार देते थे। 'वेलेंटाइन डे' पर तो वे बहुत बड़ा केक बनाते थे, ताकि सभी क़ैदी और स्टॉफ़ एक साथ चॉकलेट या स्ट्राबेरी केक खा सकें। लेकिन आज तो उन्हें बाघम्बरी गद्दी के महाराज के प्रवचन ग्यारह बजे सुनना था।

एक कुल्हड़ चाय से क्या होता है? एक और कुल्हड़ गर्मागर्म अदरक वाली कड़क चाय पीकर ठण्ड भगाने की कोशिश की। गंगा नदी में डुबकी लगायी और घाट पर गीले कपड़े सुखाने की कोशिश की। सुबह के सवा आठ बजे थे। तीन-चार घण्टे पश्चात् धूप में कपड़े सूख गये। बाघम्बरी गद्दी के महाराज का प्रवचन दोपहर को दो बजे ख़त्म हुआ। साथ ही, प्रसाद वितरण का कार्यक्रम भी था। शाम के चार बजे पण्डाल से बाहर निकला। सिर के ऊपर फैला हुआ नभ देखकर उसे चक्कर आने लगा तो वह फिर से उसी चाय की दुकान पर पहुँचा। दो समोसे ख़रीदकर खाने लगा। "साहब जी, चाय पीओगे क्या?" एक लड़के ने जब पूछा तब आकाश ने मुस्कुराकर 'हाँ' कह दी। लड़के ने गर्मागर्म अदरक वाली कड़क चाय कुल्हड़ में भरकर ला दी। फिर पास खड़ा होकर आकाश का मुँह ताकने लगा। "साहब, रात का खाना भी खाओगे क्या?" "हाँ!" कहकर आकाश चाय-समोसे का मजा लेने लगा।

(दो)

एक सप्ताह पहले की बात है। आकाश में बिजली चमकी, बादल गरजने लगे तो प्रभाती जो गर्भवती थी, उसने उदास होकर पूछा, "यह शीत ऋतु में बारिश कैसी?" उसकी तबीयत ख़राब हो रही थी। "मैंने बिजली को कमरे से बाहर जाने को कहा। मगर बिजली मेरी बात सुनने को तैयार ही नहीं थी, बुआ!" आकाश ने परेशान होकर कहा।

"यह कब आयी?" बुआ हैरान थी।

"प्रभाती से पहले बिजली ही मेरी ज़िन्दगी में थी।" आकाश ने परेशान होकर कहा। उसके पिता बादल सिंह घर के बाहर क्रोध में गरज रहे थे।

"मेरी बेटी बिजली को तुमने धोखा दिया, आकाश!" आकाश ने कोई जवाब नहीं दिया। आकाश और प्रभाती का विवाह तो संयोग ही था।

बाबा विश्वनाथ की अनुकम्पा से हुए इस विवाह में हम सबकी सहमति थी। ख़ुशख़बरी भी हमें मिलने को थी। लेकिन बिना वजह बादलों की गड़गड़ाहट और बिजली की चमक से सबकी आँखों में भी पानी की बूँदें थीं। आगरा शहर भी बेमौसम की बरसात के कारण अस्त-व्यस्त था।

"अब क्या करोगे।" बुआ ने बिजली को ताना दिया, "तुम्हारी भलाई चुप रहने में ही है, बिजली! तुमने तो तमाशा ही कर दिया। सुन लड़की, हम तो यहाँ से चले जायेंगे परन्तु तू इतना तमाशा करने से बदनाम हो जायेगी।" बिजली के चमकदार रूप-रंग के चारों ओर गहरा अँधेरा था। वह फिर भी कमरे से बाहर नहीं गयी। बुआ ने समझाया, "आकाश, मेरी बात समझो। बादल सिंह का कोई भरोसा नहीं, तुम इस शहर से अपना ट्रांसफ़र करा लो। ये बिजली तो बावरी है तुम्हारी।" आकाश ने बिजली को समझा-बुझाकर घर भेज दिया लेकिन उसके कानों में बादल सिंह की चेतावनी गूँज रही थी।

"मेरी बेटी बिजली बहुत भोली है लेकिन आकाश मैं तुम्हें जान से मार दूँगा।" बादल सिंह ने अपनी पिस्तौल से आकाश की ओर निशाना लगाया था। 'धायँ!...' गोली दायें आकाश बायें पिस्तौल दिखाते हुए बादल सिंह फिर से गरजा इस बार नफ़रत-सी थी, "अपनी अन्तिम इच्छा पूरी कर लो ज़रा, आई.पी.एस. ऑफ़िसर आकाश!"

असमंजस में आकाश दो दिन घर से बाहर न निकला। पिस्तौल की गोली की आवाज़, मौत की धमकी, फिर अन्तिम इच्छा की पूर्ति के साथ-साथ प्रभाती की

बिगड़ती हुई तबीयत से वह बौखला गया था। बिजली का रह-रहकर चमकना और कल्याणी बुआ के ताने आकाश को सता रहे थे।

"प्रभाती को डॉक्टर के पास ले जाना होगा।" "किन्तु कैसे?" आकाश को बाहर खड़ा बादल सिंह दिखा तो प्रभाती को साथ में डॉक्टर के पास ले जाने की हिम्मत न जुटा पाया। छत पर जाकर रात देखने लगा।

रात की आगोश में चाँद है, सिमटा-सा, सकुचाया।
बात तारों की रोशनी है, आसमाँ भी जगमागाया।
कुछ ख़ास है हममें कि आपसे मुहब्बत हो गयी।
ज़मीं से ख़ौफ़ हुआ तो, आसमाँ की चाहत हो गयी।...

मुँह-अँधेरे ही आकाश ने बिना किसी को बतायें अपनी अन्तिम इच्छा की पूर्ति के लिए आगरा से संगमनगरी प्रयागराज के कुम्भ मेले का आनन्द लेने का निर्णय किया। इस समय भी वह कुम्भ मेले की रौनक और रोशनी को अपने राजीवलोचन में समेटकर सहेज रहा है। चार दिन बीत चुके थे। रंग-बिरंगे न्यारे सितारे चमक-चमककर पलक झपकाते हुए इशारे से बरबस अपनी ओर बुला रहे थे। कुम्भ मेले के रास्तों के अँधेरों को दूर करती हुई रोशनी फैलती जा रही थी और बल्बों की रोशनी से मेले के दृश्य की सुन्दरता और रौनक में वृद्धि हो रही थी। इसी प्रकार भीड़ में ख़ुद को खोजते हुए दो दिन और बीते।

(तीन)

सुबह-सुबह गंगा में स्नान करते और गंगा मैया की आरती-स्तुति करते भक्तगण, महान सन्तों के विद्वत्तापूर्ण प्रवचन और भजन-कीर्तन से धार्मिक नगरी प्रयागराज की प्रतिष्ठा और सम्पन्नता दोगुनी हो रही थी। मेले की धूम में लोकनृत्य-लोकसंगीत, नाट्य-मंचन और विभिन्न प्रदेशों के स्टॉल और सभी शिल्पकलाओं की प्रस्तुति लाजवाब थी। घूमते हुए बड़े-बड़े झूले, झूमते हुए छोटे-छोटे बच्चे, गुब्बारे, खिलौने, मिठाइयाँ आदि से मासूमों की चहक के ज़रिये ख़ुशहाली झलक रही थी। स्त्रियों की धार्मिक भावना और शृंगार से प्रभावित होकर आकाश कुछ देर महिलाओं को निहारने लगा। महिलाएँ भी उसकी उत्सुकता देखकर प्रभावित हुईं। एक स्त्री के पास नवजात शिशु था। स्त्रियाँ नदी की ओर स्नान के लिए चलने लगीं तो एक स्त्री ने रुककर अपने नवजात शिशु को आकाश की गोद में दे दिया, "इस नन्हे-मुन्ने को सम्हालो तो मैं भी अपनी सखियों के साथ गंगा नदी में स्नान कर लूँ।" आकाश को

लगा जैसे अब एक और सुन्दर दृश्य उसके सामने होगा। उसने शिशु को गोद में ले लिया था। शिशु के कोमल अहसास ने उसके हृदय को छू लिया। स्त्रियों का गंगा नदी में स्नान करते देखकर उसे प्रभाती और कल्याणी बुआ की याद आयी।

किसी भी तरह उसे प्रभाती को अस्पताल ले जाना होगा। प्रभाती का प्रसवकाल भी समीप आ चुका था। प्रभाती को प्रसव-पीड़ा होने लगी। आकाश ने मोबाइल फ़ोन ऑन कर प्रभाती को कॉल किया। बुआ ने ही फ़ोन उठाया। बुआ आकाश को ढूँढ़ ही रही थी। "आकाश तुम कहाँ हो? यहाँ प्रभाती को प्रसव-पीड़ा होने लगी है, जल्दी आओ।" आकाश ने एक टैक्सी वाले से आगरा तक चलने को कहा। पहले तो वह ड्राइवर राज़ी नहीं हुआ लेकिन आकाश ने वीडियो कॉल लगाकर अपनी पत्नी प्रभाती की प्रसव-पीड़ा दिखाई तब वह झट से तैयार हो गया।

"बस सात घण्टे में आप आगरा पहुँच जाओगे। बैठिए टैक्सी में। जल्दी करिए, साहब।"

रास्ते में भी ड्राइवर आकाश को सांत्वना दे रहा था। रास्ते में ही आकाश ने पुलिस थाने में फ़ोन कर दिया और एक जीप अपने घर भेजने को कहा। पुलिस की जीप में बैठकर बुआ और प्रभाती अस्पताल पहुँचे। अस्पताल पहुँचने से पहले ही माता-पिता और भाई का फ़ोन आ गया था। वो बस अस्पताल पहुँच ही रहे थे। "माँ, तुम प्रभाती का ख़याल रखना। मैं भी आ रहा हूँ।" आकाश का हाल-बेहाल था।

टैक्सी ड्राइवर ने सात घण्टे में ही उसे अस्पताल पहुँचा दिया। "तुम ज़रा रुकना ड्राइवर, मुँह मीठा कराना है तुम्हारा। मैं अभी जाकर देखूँ क्या ख़ुशख़बरी है!"

अन्दर गया तो समीर मामा मिल गये। "प्राइवेट वार्ड में रखा गया है प्रभाती को। काउंटर पर फ़ीस के लिए इन्तज़ार कर रहा हूँ।" आकाश ने काउंटर पर बिल में लिखी राशि जमा कर दी। "मामा चलिए।" उसने समीर मामा का हाथ पकड़ लिया। "अरे! जल्दी मत करो..., सब ठीक ही है, जमाईबाबू!" आकाश की आँखों में पश्चात्ताप के आँसू थे।

पिता जी ने आकाश को गले से लगाकर उसकी पीठ थपथपाते हुए समझाया कि, "धीरज रखो बेटा!" पहले कुछ देर तो कराहने की आवाज़ें आती रहीं, लेकिन बाद में सब शान्त हो गया। यह क्या हुआ? सब इतने ख़ामोश हो गये। फिर यकायक बच्चों के रोने की आवाज़ें सुनाई दीं। नर्स जुड़वाँ बच्चों को लेकर बाहर आयी और आकाश की गोद में दे दिये। एक गोदी में सूर्य तो दूसरी गोदी में उदय, एक हाथ में सूर्य तो दूसरे हाथ में उदय। सब बहुत ख़ुश हुए, "क्या हुआ, आकाश?" आकाश ने दोनों शिशुओं को चूमा और कहा, "सूर्योदय...!"

पीला गुलाब

नया वर्ष पुलकित करता हुआ अपने साथ किरणों का गुलदस्ता लेकर जब निहार के चेहरे पर मुस्कुराया तब घर की दीवारों को भी पता चल गया कि आज नये साल की पहली तारीख़ है, एक जनवरी है। मेज़ पर रखा हुआ पीला गुलाब और चिट्ठी, हर साल की भाँति पास ही एक गिलास दूध और जैम बिस्किट्स के साथ छोटा-सा मुलायम-सा चॉकलेट केक! आज कुछ तो ख़ास है लेकिन क्या? अभी उसने अपना जोकर वाला सपना पूरा ही नहीं किया था और किसी ने खिड़की के पर्दे खोल दिये। निहार ने चारों तरफ़ देखा, कमरा तो ख़ाली ही था। घड़ी का अलार्म बज-बजकर रुक गया था। निहार ने मेज़ पर से पत्र उठाया और उसे खोला, फिर पढ़ना शुरू किया।

"निहार बेटा, सुप्रभात है जागो! नववर्ष तुम्हारी प्रतीक्षा कर रहा है। आज शाम ठीक सात बजे तुम नये वर्ष के स्वागत में आयोजित पार्टी के लिए तैयार होकर नीचे आ जाना। मैं और पापा तुम्हें वहीं मिलेंगे। तुम्हारे लिए उपहारों और शुभकामनाओं के साथ...

तुम्हारी मम्मी"

दूध का गिलास निहार ने मुँह से लगाया ही था कि रतन काका कमरे में दाख़िल हुए। सभी चादरें-रज़ाई उठाकर क़रीने से दूसरी चादर बिछा गये। निहार से कहा, "पहले मुँह व हाथ धोकर बाद में केक खाना।" केक बहुत ही स्वादिष्ट था लेकिन निहार को ख़ुशी तो तब होती है जब वह जोकर वाला सपना अपनी माँ को सुनाता है। विद्यालय परसों से खुलने वाला था। शीतकालीन छुट्टियों के दिन बड़े मज़ेदार होते हैं। क्रिसमस का जश्न और नये साल का स्वागतोत्सव तो बहुत आलीशान होते हैं। सुन्दर-सुन्दर ऊनी कपड़े, शॉल और रंग-बिरंगी टोपियाँ, मोज़े, नरम-नरम मफ़लर और रज़ाइयाँ ओढ़ने-पहनने के दिन होते हैं। सर्द हवाओं के दिन होते हैं। शीतकालीन छुट्टियों में गुनगुनी धूप सेंकने से गर्मी आती है तो पिकनिक और कैम्प

फ़ायर के दिन होते हैं। ये शीतकालीन छुट्टियों के दिन लज़ीज़ गर्मागर्म पकौड़े, दाल-बाटी, बैंगन का भुर्ता, वेजिटेबल पुलाव, कबाब, नूडल्स, सूप, पास्ता और कांटिनेंटल वेजिटेबल खाने के दिन होते हैं। छोले और कुलचे तो बहुत भाते ही हैं।

"परसों टिफ़िन में मम्मी अगर छोले-भटूरे या फिर समोसे बनाकर देगी तो बहुत अच्छा लगेगा। मम्मी जो भी बनाती है, वेरी-वेरी टेस्टी होता है।"

निहार को सबसे ज़्यादा तो माँ दीपिका ही भाती थी। लेकिन आज भी ऑफ़िस ही में दीपिका काम कर रही थी। सोचकर निहार मन मसोसकर रह गया।

बर्फ़ानी अदाओं से जिस्म ना जलता,
तो सुकून मिलता।
वीराने चमन में पुष्प सा खिलता
तो सुकून मिलता।...

किसी मज़ेदार और राग-रंग से सजी पार्टी की कल्पना कर गुनगुनाते हुए निहार नहा-धोकर नये शर्ट-पैंट और कोट पहन जूतों के फीते बाँधकर निकला। उसके एक हाथ में अपने हाथ से बनाया हुआ गुलदस्ता तो दूसरे हाथ में घर के गेट के ताले की चाबी। वह चाबी को उँगली में घुमाते, सीढ़ियों पर नाचते हुए उतने ही समय पार्टी में पहुँचा जितने समय मम्मी ने कहा था, 'ठीक सात बजे।'

बिल्डिंग के नीचे पार्क में ख़ूब रोशनी थी। पार्किंग पर बहुत-सी गाड़ियाँ खड़ी थीं। आमन्त्रित मेहमानों के लिए बहुत-सी कुर्सियाँ रखी गयी थीं और गर्म कॉफ़ी के साथ चिप्स और समोसे ट्रे में परोसकर इधर-उधर घूमकर कुछ लड़के और लड़कियाँ उन्हें मेहमानों के हाथ में थमा रहे थे। सब कुछ सुसज्जित था—मेज़-कुर्सियाँ, गुब्बारे-झूले यहाँ तक कि स्वीमिंग पुल के किनारे भी गेंदे और पानी में तैरते खिलौने थे। जिनसे बच्चे खेल रहे थे। पानी के फव्वारे बिजली की रोशनी में नृत्य कर रहे थे और हल्का-सा संगीत धीमे-धीमे वातावरण को गुंजायमान कर रहा था। आर्केस्ट्रा के बोल कानों को भेद रहे थे। लग रहा था कि आज भी मम्मी देर लगायेगी। कुछ दोस्तों ने निहार को 'हैप्पी न्यू ईयर' कहकर चॉकलेट दी। 'तुम्हें भी नये साल की शुभकामनाएँ', कहकर कार्तिक से हाथ मिलाया तो हाथ चिपक गये थे। हाथ में गोंद और च्युंगम लगी थी। सब बच्चे हँसने लगे, निहार रूठ गया। तभी निहार की मम्मी आयी। निहार ने मम्मी को गुलदस्ता देकर कहा, "मम्मी नववर्ष की सुगन्धित बधाइयाँ!"

"बड़े ख़ुशबूदार फूल हैं, निहार! शाबाश! बहुत सुन्दर गुलदस्ता बनाया है तुमने।" मम्मी ने उपहारों से भरा एक थैला निहार को थमाया। "क्या है इसमें?"

निहार ने उत्सुकतावश पूछा तो माँ ने बताया, "तुम्हारे लिए बहुत-से उपहार हैं इसमें।" तभी दिवाकर ने निहार के सिर पर हाथ रखा और कहने लगे, "इन्हें घर में ले जाकर देखना, तुम्हें बहुत पसन्द आयेंगे। ये नये वर्ष के उपलक्ष्य में तुम्हारे लिए मॉल से तोहफ़े ख़रीदे हैं।"

"धन्यवाद पापा, आपको भी नूतन वर्ष की ढेर सारी शुभकामनाएँ! उपहारों के लिए धन्यवाद पापा, धन्यवाद मम्मी!" कहकर निहार सभी उपहारों को अपने घर पर ले आया। रंगीन काग़ज़ में लिपटे हुए सभी उपहारों को वह एक-एक करके खोलने लगा। एक डिब्बे में चलने वाला हिरन था, तो दूसरे डिब्बे में रेसिंग कार थी। तीसरे डिब्बे में टॉफ़ियाँ थीं तो चौथे डिब्बे से बाजा बजाता हुआ एक जोकर निकला। "अरे। यही तो वह जोकर है, जो मैंने सुबह सपने में देखा था!" सभी उपहार अपने कमरे में छोड़कर निहार ने घर का ताला बन्द किया और चाभी जेब में रखकर शीघ्रता से नीचे उतरने लगा। पापा से लिपट गया, "पापा, आप बहुत अच्छे हैं। आपके लाये सभी गिफ़्ट बहुत अच्छे हैं।" फिर भी मम्मी को उसे सपने वाले जोकर के बारे में बताना ही था। "मम्मी, आप तो मेरे सपने वाला जोकर ही लायी हैं।"

मम्मी ने पूछा, "सपने वाला जोकर ही मैं लायी हूँ तुम्हारे लिए, निहार! किस सपने की बात कर रहे हो तुम, निहार?" दिवाकर पहले मुस्कुराये फिर हँसने लगे। हैरान होकर दीपिका निहार को देख रही थी, तो दिवाकर ने गम्भीर होकर कहा, "बच्चे अक्सर ऐसी बातें करते हैं। इसमें अचरज करने की आवश्यकता नहीं है दीपिका!" दीपिका भी हँसने लगी।

"आज सातवीं मंज़िल पर बनाया गया नया काँच का केबिन मुझे मिला है, अपना ऑफ़िस वहीं होगा। यह नया केबिन पुराने केबिन से बहुत बड़ा है। इसमें रोशनी भी अच्छी है। शीशे का बड़ा दरवाज़ा है, उसके बाहर बालकनी है। वहाँ से सामने का मॉल एकदम साफ़-साफ़ नज़र आता है। ये सभी तोहफ़े निहार के लिए मैंने वहीं से ख़रीदे हैं।"

दिवाकर ने प्रसन्न होकर ख़ुशख़बरी दी, "कल तुम दोनों सुबह मेरे साथ ऑफ़िस में काँच वाला नया केबिन देखने चलना।" मम्मी भी ख़ुश हो गयी। निहार अभी भी रंगीन जोकर वाले सपने के बारे में सोच रहा था, जो ऐसे ही किसी काँच के केबिन में हँसता हुआ बाजा बजा रहा था। पाँच पूड़ियाँ, पनीर की सब्ज़ी, बिरयानी और एक पेस्ट्री खाकर निहार अपने दोस्तों के साथ पार्टी-डांस में शामिल हो गया। डांस करते समय रूही ऊँची एड़ी की सैंडिल पहनने के कारण फिसल कर गिर पड़ी। सभी बच्चे उसका मज़ाक़ उड़ाने लगे। दीपिका ने निहार से कहा, "अब मत

नाचो। घर आओ, निहार! तुम्हें नींद आ रही है न। घर जाकर सो जाओ। हमें कुछ और वक़्त लगेगा घर लौटने में।"

निहार के लिए यह कोई नयी बात नहीं थी कि मम्मी और पापा देर से घर लौटेंगे। उन्हें पार्टी करना बहुत अच्छा लगता था। पार्टी देर तक चलती थी। घर आने के बावजूद उन पर पार्टी का रंग चढ़ा रहता था। एक-दूसरे के आचरण पर ख़ेद प्रकट करना, काफ़ी देर तक कहा-सुनी करना वग़ैरह। तत्पश्चात् दिवाकर टी.वी. लगाकर मैच देखते थे और दीपिका सारा घर ख़ासतौर से रसोईघर को व्यवस्थित करने के साथ ही सुबह की सभी तैयारी करती है जैसे कि चाय का बर्तन, शक्कर और चाय पत्ती के डिब्बे, चाय के कप, लंच बॉक्स, पराँठे बनाने के लिए गूँथने के बाद आटा और कटी हुई सब्ज़ियाँ फ्रिज में रखना, स्कूल यूनिफ़ॉर्म, ख़ुद के और पापा के कपड़े प्रेस करना, अपना बैग लगाना आदि। सभी काम करके ही मम्मी सोने के लिंए जाती थी।

सुबह जल्दी उठकर चाय बनाने से लेकर टिफ़िन तैयार करना और उसके बाद निहार को तैयार कर ख़ुद भी तैयार होकर ऑफ़िस के लिए निकलना। बाक़ी के काम रतन काका ही सुबह आकर करते थे। निहार के स्कूल से लौटने का इन्तज़ार भी रतन काका ही करते थे। उसे दोपहर का खाना वही खिलाते थे, जो भी उसे अच्छा लगता हो। इसके बाद रतन काका उसे अकेला घर में छोड़कर चले जाते थे। शाम को वह बाहर निकलकर नहीं खेलता था, अपितु मम्मी-पापा के सात-आठ बजे तक घर लौटने से पहले अपना सारा होमवर्क कर डालता था। इतनी पढ़ाई करने से उसका कक्षा में प्रथम स्थान तो निश्चित ही था। घर में अपने किसी मित्र को लाना मना था। कुछ साल पहले तक मम्मी की तीनों बहनें अक्सर मिलने आती थीं, लेकिन अब तो पापा के एक-दो दोस्त ही कभी-कभी थोड़ी देर को पापा के साथ ही आते थे। यह शायद निहार की ज़िन्दगी की आख़िरी पार्टी थी, जिसमें उसे मम्मी-पापा के साथ जाने का अवसर मिला था। जैसे-जैसे निहार की उम्र बढ़ रही थी, पापा का दीपिका के करियर के प्रति आक्रोश बढ़ रहा था। दीपिका का दिवाकर के लिए अपनापन भी शेष नहीं रहा था। दीपिका का सर्वस्व उसका बेटा निहार ही था। उनके आदर्श विवाह और ख़ुशहाल ज़िन्दगी को जैसे निहार के प्रति माँ-बाप का फ़र्ज़ पूरा न कर पाने की व्यथा ने झिंझोड़कर रख दिया था। एक बच्चे का दायित्व दिवाकर और दीपिका नहीं उठा पा रहे थे, दूसरे बच्चे की चाह भी उन्हें नहीं थी। दिवाकर अक्सर उस घड़ी को कोसते थे, जब निहार पैदा हुआ था। उनके बिना जीवन का आनन्द लेना कभी निहार को नहीं आया था। अठारह बरस का निहार

जब इंजीनियरिंग इंस्टिट्यूट में जाने की तैयारी कर रहा था। कम्पनी के प्रोडक्ट्स प्रमोट करने के लिए पापा तो न्यूज़ीलैंड जा रहे थे। इस कल्पना से कि निहार अब हॉस्टल में जा रहा था और कभी घर नहीं लौटेगा, उनका दिल घबरा रहा था। निहार का हौसला बढ़ाने के लिए उन्होंने कहा, "बहुत मेहनत से अच्छे नम्बर लाओगे न। इंजीनियर बनने पर मैं तुम्हें सबसे अच्छी मोटरसाइकिल ख़रीद कर दूँगा।" निहार को उन्होंने गले से लगा लिया। निहार ने उन्हें धन्यवाद कहा और सब सामान लेकर मद्रास अपनी मम्मी के साथ पहुँचा।

आई.आई.टी. मद्रास का भव्य और सुसज्जित कैम्पस देखकर निहार बहुत ख़ुश हुआ। मम्मी को भी बहुत अच्छा लगा था। आई.आई.टी. मद्रास के शैक्षणिक परिसर में निहार का सुखद भविष्य बनेगा और वह देश का एक योग्य नागरिक बनेगा। हॉस्टल में अपने रूम में बैठा निहार याद कर रहा था कि कैसे मम्मी ने उसके सिर पर हाथ रखा था। एक पीला गुलाब और एक चिट्ठी हाथ में रख दिये थे। जब तक रेलगाड़ी मद्रास रेलवे स्टेशन का प्लेटफ़ार्म छोड़कर आगे नहीं निकली थी, तब तक वह खिड़की से बार-बार हाथ हिला रही थी। बहुत बेचैनी से उसने पत्र खोला जो कि एक सफ़ेद काग़ज़ का टुकड़ा था और हमेशा की तरह उसमें सुन्दर अक्षरों में लिखा था कि–

"निहार बेटा,

आज से नया शहर, नया कॉलेज, नये शिक्षक, नये सहपाठी और तुम! अच्छे से पढ़ना और पुरानी सारी आदतें भुला देना। नये इन्सान बनना और अपनी ज़िन्दगी में अपनी ख़ुशी से रंग भरना। हम तुम्हें बहुत याद करेंगे।

तुम्हारी मम्मी"

पत्र छोटा था, लेकिन बात लम्बी थी। निहार ने किसी तरह ख़ुद को नये शहर के अनुरूप ढाल लिया था। एक दिन एक मॉल से सामान ख़रीदते समय उसके सामने बने ऑफ़िस के केबिन में लगे काँच के दरवाज़े में से मम्मी हाथ हिलाते हुए दिखी। निहार मॉल से बाहर निकलकर सीढ़ियों के रास्ते चढ़कर ऑफ़िस के उस केबिन तक पहुँचा, वहाँ तो मम्मी नहीं थी। मद्रास में मम्मी हो भी कैसे सकती थी? लेकिन ऑफ़िस में जो मेज़ थी, उस पर वही जोकर बाजा बजा रहा था, जो उसे नये साल पर उपहार में मिला था। ऑफ़िस में यह जोकर कैसे? आँखों पर विश्वास नहीं हुआ। यह जोकर तो एक दिन क्रोधवश पापा ने रद्दी वाले को दे दिया था।

साल के आख़िरी दिन 31 दिसम्बर की रात को बारह बजे तक नये साल का इन्तज़ार हो रहा था। आज निहार ने ती बार घर पर फ़ोन लगाया था, लेकिन न

मम्मी बोली और न ही पापा ने फ़ोन उठाया था। रोज़ तो वह फ़ोन नहीं करता था लेकिन मम्मी तीन-चार दिन में एक बार हालचाल पूछ ही लेती थी। पिछले तीन दिन से मम्मी के फ़ोन का इन्तज़ार था लेकिन आज तो निहार ने रात के बारह बजे भी मम्मी-पापा को फ़ोन किया था।

सबसे पहले नवीन वर्ष की बधाइयाँ वह अपने मम्मी और पापा को ही देना चाहता था। निराशा ही हाथ लगी। किसी ने निहार का फ़ोन नहीं उठाया। इसी बीच निहार की आँख लग गयी थी। अचानक बग़ल में उसके साथी छात्र गिरिराज के कमरे में अलार्म बजने लगा। सुबह के छह बजे थे। निहार ने पलकें खोलीं तो कमरे में उजाला था और मेज़ पर देखा तो मुँह खुला का खुला रह गया। दूध का गिलास, एक प्लेट में केक, एक पीला गुलाब और साथ में एक चिट्ठी भी–

"बेटा निहार,

नये साल की शुभकामनाएँ और ढेर सारा दुलार!

तुम्हारी मम्मी"

ये कौन रख गया है? कमरे से बाहर निकला तो हॉस्टल में रहने वाले छात्र सभी एक-दूसरे को नये वर्ष की शुभकामनाएँ दे रहे थे। निहार भी सभी छात्रों के साथ नये वर्ष के नाश्ते का आनन्द ले रहा था। आज तो मेस में स्वादिष्ट केक और पसन्दीदा चाउमीन बना था। दोपहर के खाने में तो पूरी थाली ही साउथ इंडियन पकवानों से भरी थी। वड़ा-साम्भर-डोसा, इडली-साम्भर, पेपर डोसा, अप्पे, चित्रान्न सभी कुछ बढ़िया था। सबने मिलकर 36 हज़ार रुपये एकत्रित कर इतना अच्छा नाश्ता और खाना बनवाया था। नये साल का स्वागत ही गर्म कॉफ़ी से किया गया था। तीन बजे कमरे में वापस आने लगा तो दोस्तों ने कहा कि, "अभी नहीं। अभी तो हम सब मूवी देखने चलते हैं।" लाख मना करने के बावजूद निहार अपने दोस्तों के साथ मूवी देख रहा था। ख़ूब शोर-शराबा किया और रात को एक अच्छे रेस्टोरेंट में खाना खाया। सबने खाने के लिए 15250 रुपये इकट्ठे किये थे। सभी रात के दस बजे अपने कमरे में लौटे। थका निहार दरवाज़ा बन्दकर बिस्तर पर लेट गया और लेटते ही आँख लग गयी। रात के दो बजे आँख खोली तो मम्मी को फ़ोन लगाया। इस बार फ़ोन उठाया तो निहार ख़ुश हुआ, "हेलो मम्मी, हैप्पी न्यू ईयर!" "बेटा, मैं पापा बोल रहा हूँ!" दिवाकर की आवाज़ भर्रायी थी। "बेटा, तुम्हारी मम्मी की कल ट्रक से दुर्घटना हो गयी थी। मैं शहर में नहीं था। कार पलट गयी थी। तुम्हारी मम्मी अस्पताल में आई.सी.यू. में भर्ती थी। बाद में उसकी मौत हो गयी। वह हमें छोड़कर चली गयी।"

निहार स्तब्ध रह गया। "मेरी बात सुनो, निहार! अभी-अभी..."

निहार के हाथ से फ़ोन छूट गया। मायूसी छा गयी थी। उसके लिए मम्मी ही तो सब कुछ थी। आँखों में आँसू थे। उसने मेज़ को एक बार फिर से ग़ौर से देखा तो अब वहाँ न दूध का गिलास था, न कोई चिट्ठी, न तो केक था और न ही वह पीला गुलाब।

चिर-परिचित

(एक)

चिलचिलाती धूप में जब रास्ते भी किसी के आने की राह देख रहे होते हैं, तब लगता है कि वह ख़ुशक़िस्मत कौन होगा? जो हम तक आयेगा। कूलर में पानी उड़ेलते हुए पिंटू ने जब दरवाज़े पर किसी के आने की आहट सुनी तो चिल्लाकर पूछा, "कौन है?" केवल सन्नाटा था।

मामा जी और बुआ जी कमरे के अन्दर लेटी हुई बतिया रही थीं। पिंटू ने कूलर चला दिया। एकबारगी दरवाज़े के पास आया। अभी भी कोई आहट थी। उसने दरवाज़ा खोलकर देखा। तपती हुई दोपहर में संजना निराश-सी खड़ी थी।

"क्या हुआ, बहना?" पिंटू ने हैरानी से पूछा। "बस! यूँ ही चक्कर-सा आ गया था।" संजना ने लड़खड़ाते हुए घर के अन्दर क़दम रखा।

"चलो, नीबू का शरबत तुम्हें पिलाता हूँ।"

संजना को पकड़ते हुए पिंटू ने दरवाज़ा बन्द कर दिया। पिंटू ने अपनी बहन के हाथ से एक काग़ज़ लिया और देखा कि उसमें मेडिकल की प्रवेश परीक्षा का परिणाम था। संजना रोने लगी। फिर आँसू बहने लगे तो रूमाल से आँसू पोंछने लगी।

"मैंने तो बहुत मेहनत की थी। लेकिन मुझे मेडिकल कॉलेज में प्रवेश नहीं मिला। तीन अंक से रह गयी।" पिंटू भागकर रसोईघर में जाकर नीबू का शरबत बनाकर ले आया। संजना को देखकर मुस्कुराया जैसे कुछ भी न हुआ हो। पिंटू ने संजना को नीबू का शरबत पिलाया। अब संजना का मन कुछ हल्का हुआ था। वसन्त का मौसम फिर फागुन की रंग-बिरंगी बहार और रंगोंभरी पिचकारी की बौछार तो जैसे मस्ताना कर देती है। फागुन की मस्तानी दुनिया से हम चिर-परिचित हैं।

चलो अबीर लेकर हाथ में, चलते हैं कुछ दूर साथ में,
रुक जायेगा समय का साज, खुल जायेगा होली का राज।
तुम भी अबीर मल देना, थाम मेरा हाथ चल देना,
जहाँ जलती न हो सीता, जहाँ धरती में हो बसी सीता।
होती तो होली ही है, रंगों-भरी रंगोली ही है।

अब सूरज तपने लगा था। मौसम के गर्म मिज़ाज से हरी पत्तियों का रंग बदलने लगा था। अब पीली रंगत से धरा भूरी रंगत की होकर धधक रही थी। पतझड़ के पत्तों के खड़कते हुए स्वर के साथ ही शोर का सन्नाटे में तब्दील हो जाना चहुँओर था। फिर इसके पश्चात् जब आषाढ़ आया, वही आषाढ़ जिसकी पहली बरखा की बूँदों का रसास्वादन कर हम नवजीवन पाते हैं।

सावन में हरियाली ही हरियाली, फ़सल दोगुनी लगती है। लेकिन जब उमस-भरी गर्मी होती है, किसान जिस काले बादल के टुकड़े को टोहते हैं रातों में, दिन के उजाले में बादल का वह टुकड़ा ले लेता है ऐसा विस्तृत आकार जैसे कि घनश्याम। भगवान कृष्ण के विराट रूप की भाँति जो गीता में वर्णित किया गया है, आकाश कृष्णमय हो जाता है। नभ जैसे नभ नहीं रहा, बन गया कजरा लगायी हुई दुल्हन! कजरी गाती औरतें और झूला झूलती नवयौवनाएँ, जब उस श्याम बादलों में नज़र आती हैं तो अद्भुत दृश्य होता है।

बहुत सुन्दर छवि होती है सावन में कृष्ण आकाश की, शुक्ल पक्ष का चन्द्रमा भी उन काले बादलों में लुका-छिपी करता है, लगता है रात हुई नहीं है। वर्षा ऋतु वही लगती है मनभावन। कितनी प्यारी लगती है अपनी बेटी, उसी सोंधी महकती हुई मिट्टी की तरह। एक अलग ही अलाव जल रहा था, लगता था कि बारिश की बूँदों के साथ ही बुझ जायेगा। आज संजना छाता घर पर ही भूल गयी थी। बारिश रुकने का इन्तज़ार था। बारिश के रुकने पर ही अब संजना घर की ओर निकलेगी। कक्षा में समाँ बँध गया था। विशाल ने मेज़ पर तबला बजाना शुरू कर दिया था और शकील स्वरलहरी में हारमोनियम बजाने के हाव-भाव को दर्शाते हारमोनियम की आवाज़ें निकालने लगा तो अल्पा की हँसी रुकने का नाम नहीं ले रही थी। बादलों की गड़गड़ाहट से परेशान होकर संजना ने अपनी किताब खोलकर पढ़ना शुरू ही किया था कि इधर शकील ने हाथ में खड़िया लेकर श्यामपट के पास खड़े होकर अपने नये कॉलेज के नये आचार्य की तरह पढ़ाने की ऐक्टिंग की तो संजना भी खिलखिलाकर हँस पड़ी।

जब उसका मेडिकल कॉलेज में प्रवेश नहीं हुआ, तब वह कितना रोई थी। इस कॉलेज में स्नातक प्रवेश परीक्षा पास करने और बारहवीं में नब्बे प्रतिशत अंक होने के कारण जीवविज्ञान, रसायन और भौतिकी संकाय में प्रवेश मिला था।

"अब इस तरह के सपने नहीं देखना बिटिया कि टूट जाये। रोने से आँखें ख़राब हो जायेंगी।" संजना को समझाकर पिता जी ऑफ़िस चले गये। माँ बड़े ही अफ़सोस से सब्ज़ी काटने लगी। पिंटू संजना बहन को देखकर अब भी यूँ मुस्कुरा रहा था जैसे कुछ हुआ ही न हो।

"दुबारा मेडिकल की प्रवेश परीक्षा दे लेगी।" दादी माँ ने कहा भी था, किन्तु माँ ने कोई जवाब देना उचित नहीं समझा था।

"मानसी का बेटा तो डॉक्टर हो भी गया। परसों ही मेरी सहेली मानसी का ख़त आया था। वह संजना के बारे में पूछ रही थी।" बुआ जी ने अपनी बात ज़ोर देकर कहा था।

"अरे! लेकिन पढ़ाई तो पढ़ाई है।" माँ ने भी जवाब दिया, "पूरी पढ़ाई तो करनी ही होगी।" दादी माँ ने माँ को झिड़क दिया था। "मतलब क्या है तुम्हारा, बहूरानी? घर-गृहस्थी के कामों के लिए बिटिया के साथ दासी भी विदा करोगी!"

"अम्मा जी हमारी बिटिश संजना सुन्दर और शालीन है ही। अगर घर के काम-काज और सीख ले तो उसकी शादी ही हो जायेगी। कितना चाहती है मानसी संजना को अपनी बहू बनाना। उसके घर में बेटी की विदाई करने से हमें चिन्ता नहीं रहेगी।" बुआ जी ने माँ को समझाया और अम्मा जी को मनाया।

दादी अम्मा तो ख़ुश हो गयी। साथ-साथ माँ ने भी सहमति जतायी, "बात तो आपकी सही है, अनुपमा दीदी!" परन्तु संजना को तो जैसे लकवा मार गया था। उसके हाथ-पैर नहीं हिल पा रहे थे। वह जम-सी गयी थी। क्या करूँ? संजना की ऊहापोह इस हद तक बढ़ती जा रही थी कि किताबें उठाकर सीधे कॉलेज में अपनी कक्षा में आकर बैठ गयी।

छाते की याद आ रही थी। हल्का गुलाबी छाता, जिसमें नीली तितलियाँ बनी थीं। उसने अपनी पसन्द से वह छाता ख़रीदा था। घनघोर घटाएँ कक्षा की खिड़की से दिखाई दे रही थीं। व्याख्याता अनुपस्थित थे और सभी नये छात्र-छात्राएँ सावन की हरियाली और ख़ुशहाली का मज़ा ले रहे थे। यकायक सब ख़ामोश हो गये थे। संजना ने ग़ौर से ब्लैक बोर्ड की तरफ़ देखा, शकील खड़िया से लिख रहा था।

"आज की संगीत सभा में कुमारी रानी का सभी छात्र-छात्राएँ तालियों से स्वागत करें। ये आपको एक गीत सुनायेंगी जिसके बोल हैं 'सावन की बूँदिया...'

कुमारी रानी श्यामपट्ट के आगे खड़ी होकर मुस्कुरायी फिर जैसे ही सबने तालियाँ बजायीं, उन्होंने सावन का गीत गाना आरम्भ किया।

सावन की बूँदिया, जैसे कानों की बूँदिया।
सावन की झड़ी, जैसे चुनरी जवाहर जड़ी।
सावन के गीत, जैसे हो मनमीत।
रिमझिम बरसे फुहार, सखी मन भाये बड़ी।

स्नातक होने में तीन वर्ष का समय लगा और स्नातकोत्तर होने में दो वर्ष पूरे गुज़र गये तब कहीं जाकर कॉलेज में व्याख्याता की नौकरी के लिए आवेदन किया था संजना ने। यूजीसी की नेट परीक्षा भी उत्तीर्ण की थी। तब तक घर में फिर से शादी की बात नहीं हुई थी। पिंटू ने मेडिकल की प्रवेश परीक्षा अच्छे अंकों से उत्तीर्ण करने के बाद बम्बई के मेडिकल कॉलेज में प्रवेश लिया था। पिंटू अब डॉक्टर बनने के लिए पढ़ाई कर रहा था।

कुछ दिनों बाद डॉक्टर अभिजीत सक्सेना के नाम से विख्यात होने वाला यह नन्हा डॉक्टर अपनी बहन के हर दु:ख-दर्द की दवा रखता था। वही चिर-परिचित मुस्कान जैसे कुछ हुआ ही न हो।

(दो)

सावन का महीना और बूँदों की रिमझिम में संजना घर में खिड़की के पास बैठकर मौसम की सुन्दरता निहार रही थी। बारिश तो रुकने का नाम ही नहीं ले रही थी और संजना भी प्रकृति के इस हरे-भरे सौंधे-से नज़ारे को अपनी आँखों में भर रही थी। आँखों में आँसू ही नहीं आये, जब बुआ जी ने संजना को कुछ क्रोध में झिड़कते हुए कहा, "यहाँ क्यों बैठी हो? जाकर रसोईघर में चाय-पकौड़ी बनाकर लाओ। मेरी सहेली मानसी का बेटा विनय अपनी पत्नी को लेकर मुझसे मिलने आया है।" बुआ को अपनी सहेली के बड़े सुपुत्र डॉ. विनय सिन्हा पर बहुत लाड़ आ रहा था। बड़े ही दुलार से बोली, "बुरा मत मानना, बड़े हैं डॉ. विनय सिन्हा। आज मेरे भैया और भाभी एक महान् सन्त के प्रवचन सुनने गये हैं। मैंने ही सोचा कि आप यहाँ आये हैं हमारे शहर के बड़े अस्पताल में तो आपका परिचय अपनी लाड़ली बिटिया संजना से करा दूँ।"

डॉ. विनय संजना को देखते ही खड़े हो गये। "यह संजना है।" "हाँ, बेटा विनय। यही संजना है मेरी सहेली मानसी की इससे अक्सर मुलाक़ात होती थी।" फिर बुआजी उनकी पत्नी सुकन्या को अभिवादन। संजना चाय-पकौड़ी डॉ. विनय के सामने रखी मेज़ पर रखने लगी कि पिंटू दरवाज़े से दाख़िल हुआ। नवदम्पती विनय और सुकन्या का अभिवादन किया और पकौड़ी उठाकर खाने लगा। "वाह दीदी, वाह बहना, तुम्हारे हाथ की गर्म पकौड़ी का क्या कहना। बड़े डॉक्टर साहब आपने मेरी बहन के हाथों से बनी गर्म पकौड़ी अभी तक नहीं खायी। चाय भी संजना स्पेशल ही है। लीजिए न बड़े डॉक्टर साहब, चाय भी पीजिए।" डॉ. विनय और सुकन्या ने भी चाय और पकौड़ी की प्रशंसा की तो संजना ने हैरानी से पिंटू को देखा। पिंटू के चेहरे पर वही चिर-परिचित मुस्कान जैसे कि कुछ हुआ ही न हो।

"आते रहना, डॉ. विनय!" कहकर बुआ जी ने उन्हें हाथ हिलाकर विदा किया। मामा जी ने घर सिर पर उठा लिया था।

"आप भी न अनुपमा दीदी न समय का ख़याल रखती हैं, न लोगों को देखती हैं। किसी को भी घर बुला लेती हैं।" बुआ जी माँ का मुँह देखती रह गयीं। "फिर जब डॉ. विनय ने अपनी मर्ज़ी से विवाह कर ही लिया है। तो क्या ज़रूरत थी, उन्हें घर बुलाने की?" माता जी उदास हो गयीं।

"अरे! कैसी बातें कर रही हैं आप, भाभी! डॉ. विनय बड़े अस्पताल में बड़े डॉक्टर बनकर आये हैं। मानसी ने ही कहा था कि अनुपमा से मिलकर बंगाली रसगुल्ले और सन्देश उसके घर जाकर दे आना। इसलिए बड़े डॉ. विनय सिन्हा मुझसे मिलने आये थे। उनकी पत्नी सुकन्या भी साथ आयी थी सुन्दर और डॉक्टर पत्नी।" बुआ जी ने बहुत ख़ुश होकर कहा था कि उनके हाथ में अभी भी मिठाई का बड़ा-सा डिब्बा था। दूध की बनी बंगाली मिठाई बुआ जी को बहुत पसन्द है।

"डालो! मेरे घावों पर नमक डालो।" माँ रूठ गयी। सब ख़ामोश हो गये थे। एक और सावन बीत चुका था। सावन के सुहाने दिन ही ऐसे होते हैं। कभी हँसाते हैं तो क्षण भर में ही रुलाते हैं। आज माता जी सुबह से ही चहक रही थीं। थाली को चम्मच से बजाते हुए सब घरवालों को हँसकर दिखा रही थीं। आज तो माँ ने काँजीवरम सिल्क के नीले रंग की साड़ी पहनी है।

"संजना बिटिया, जल्दी आना। आज तुम्हें देखने के लिए कलेक्टर साहब आ रहे हैं। नाम है सौरभ। तुम्हारी और सौरभ की जन्मकुण्डलियों का मिलान हो गया

है, इसलिए पण्डित जी अपने साथ ही कलेक्टर साहब को लेकर आ रहे हैं। दोपहर का खाना हमारे साथ ही खायेंगे। आप भी आज ऑफ़िस से छुट्टी लेकर दोपहर को घर आ जाइए। सौरभ के पिता जी भी आयेंगे। सौरभ की माँ का निधन हो चुका है। दो छोटी बहनें भी आज हमारे घर आयेंगी।"

हर तरह से परम्परा का निर्वहन करते हुए संजना आख़िरकार सौरभ की सहधर्मिणी बन गयी। अभी साल भर ही हुआ था। सौरभ का व्यक्तित्व मस्त और गर्वीला था तो संजना भी धारा की तरह चंचल और किरणों की तरह स्वप्निल थी। बुआ जी भी ख़ुशी से झूम रही थीं। अनुपमा बुआ बार-बार एक ही बात पर ज़ोर दे रही थीं, "जो हुआ, अच्छा ही हुआ। हमारा दामाद तो लाखों में एक है।" तो माँ के गाल हल्के से फूल जाते थे।

लहरा के, बल खा के बरसे सावन,
शरमा के, घबरा के आये मनभावन।
इतरा के घूँघट में छिप गयी दुल्हन,
महकाएँ फूलों से कुसुमित चितवन।
सखी घिर आये हैं बदरा यूँ,
रातें हो गयीं अब कजरारी।
हरी-हरी हरीतिमा को देख,
मग्न हो गयी धरती सारी।...

(तीन)

डॉक्टर बनने के बाद पिंटू मुम्बई के एक बड़े अस्पताल में डॉ. अभिजीत सक्सेना जैसी शोहरत और दौलत का मालिक बन गया था। संजना भी लखनऊ में अपने पति सौरभ के साथ ख़ुश थी। कलेक्टर बँगला, नौकर-चाकर, कॉलेज में व्याख्याता की नौकरी और देवतास्वरूप ससुर के होते संजना को कोई गम नहीं था। अभी सौरभ की दोनों बहनें कॉलेज में पढ़ रही थीं।

"मुझे एक ज़रूरी काम से मुम्बई जाना है। तुम्हें भाई से मिलना हो तो साथ चलो।" सौरभ ने संजना से कहा तो संजना ने बहुत उत्साह से कहा, "ठीक है, मैं भी तैयारी करती हूँ। कब चलना होगा?"

मुम्बई जाने का यह पहला मौक़ा था। वह भी डॉ. अभिजीत सक्सेना से मिलने के लिए आख़िरकार एक टैक्सी वाला तैयार हो गया। सौरभ और संजना

पीछे की सीट पर बैठ गये। "मैं मुम्बई तीन-चार बार आया हूँ। अभिजीत के यहाँ विश्राम करने के बाद चौपाटी चलेंगे।" सौरभ निश्चिन्त थे। अचानक सड़क पर भगदड़ मच गयी। गोलियाँ जमकर बरस रही थीं। ज़ोरदार धमाके हो रहे थे। यह एक आतंकवादी हमला था। गोलियों से बचे ही थे कि उनकी टैक्सी एक बस से टकरा गयी। मुम्बई दहल गयी। आँखों के आगे अँधेरा छा गया। पर्स में मोबाइल की रिंग बज रही थी। दोनों को बहुत गहरी चोटें आयी थीं। सौरभ अचेत पड़ा था। संजना ने किसी तरह पर्स से मोबाइल फ़ोन निकाला। "आप लोग कहाँ हैं?" अभिजीत ने पूछा तो संजना ने आसपास देखने की कोशिश की। "अस्पताल के रास्ते में ही है।"

कुछ दूरी पर लिखा है 'गुंजन अपार्टमेंट'। उसके पास ही 'वैरागी चाट सेंटर है।' अभिजीत ने उत्तर दिया, "ठीक है। मैं पहुँचता हूँ।" फिर क्या हुआ? उसे कुछ नहीं पता।

आँखें खुलीं तो स्वयं को अस्पताल में पाया। उसके सिर और पैर पर पट्टियाँ बँधी थीं। समीप ही पलंग पर उसके पति सौरभ भी घायल पड़े थे। सो रहे थे। उनके भी सिर पर पट्टी बँधी थी। मुम्बई के अस्पताल का पूरा वार्ड घायल मरीज़ों से भरा हुआ था। कुछ अचेत अवस्था में थे, तो कुछ कराह रहे थे। सभी के घावों पर पट्टियाँ बाँधी जा रही थीं।

"आप डॉ. अभिजीत सक्सेना की बहन हैं?" चेकअप करने आये डॉक्टर ने पूछा।

"जी हाँ", उसने कहा।

"अब कैसा लग रहा है?"

"बस...!" सँभलते हुए संजना ने कहा, "ठीक हूँ। क्या आप मेरे भाई को जानते हैं?"

"हाँ, आराम से लेटे रहिए। मैं आपके भाई डॉ. अभिजीत सक्सेना को भेजता हूँ। वह अभी ऑपरेशन कर रहे हैं।"

"ठीक है।" कहकर संजना ने हाथ जोड़े।

"भगवान से प्रार्थना करें, सब कुछ ठीक हो जाये।"

डॉक्टर साहब आगे वाले पेशेंट को देखने लगे। संजना ने सौरभ पर नज़र डाली। सौरभ ने हाथ हिलाने की कोशिश की। लेकिन केवल चेहरे पर दर्द की लकीरें उभर आयीं। हाथ में सलाइन लगी थी। पिंटू ने आते ही अपने दीदी-जीजा जी की पट्टियाँ देखीं। फिर वही चिर-परिचित मुस्कान से उसने बहन को देखा।

किन्तु संजना का दिल आतंकवादी हमले को देखकर और ज़ख़्मी हो जाने से दहल गया था। पिंटू ने उसके हाथ में गुलाबों का गुलदस्ता थमाया। "मेरी अच्छी बहन, डरने की कोई बात नहीं है।"

संजना ने ज़रा हकलाते हुए कहा, "नहीं भाई, भायँ-भायँ करती दुपहरी में सड़कें ही नहीं डराती हैं। धायँ-धायँ करती काँच की खिड़कियों को फोड़ती गोलियाँ बहुत भयावह थीं। मेरे भाई, मेरा मन तो तुम्हारे लिए अच्छा देखने का होता है। तुम्हारे शहर में आतंकवादी नहीं देखना चाहती। जाने वह कौन सा शुभ दिन होगा, जब हमारा देश आतंकवाद से मुक्त होगा।"

आदत है मुझे कुछ अच्छा करने की, और बाद में इनाम लेने की।
किसी एक फूल से गुलदस्ता ख़राब न हो, ऐसा इन्तज़ाम देने की।
आदत है मुझे नाम लेने की, कर्म के बाद परिणाम लेने की।
कभी शेर को बालक करने की, कभी ख़ुद को शेर करने की।
मेरी दीवानगी पर मत ख़ुश हो, ये आपके होने की वजह है।
मेरे अँधेरे में पहचान मत ढूँढ़, ये हमारे उजाले की जगह है।
काश मैं इतना महान् होती, जितना मेरा भारत महान् है।
इल्म है मुझे इन्सानियत का, ये मुझपे मेरे देश का अहसान है।

"ठीक कह रही हो संजना, मैं समझ सकता हूँ।" सौरभ जाग गये। पिंटू ने उनको सहारा देकर बैठाया। "तुम्हारी बहन तो गुणों की खान है।" सौरभ ने हँसकर पिंटू के हाथ से गुलाबों का गुलदस्ता लिया। "मैं आपसे सहमत हूँ, जीजा जी।" संजना की ओर देखकर कहा, "तुम्हारी सोच सृजनात्मक है और सृजनात्मकता का जन्म दर्द से होता है।" संजना को ऐसे देखकर मुस्कुराया पिंटू जैसे कि कुछ हुआ ही न हो। वही दवा से ठीक हो रही अपनी बहन के लिए दुआ की तरह चिर-परिचित मुस्कान। जिसे देखकर ठीक से मुस्कुरा भी न पायी संजना कि आँखों में काले बादल उमड़ आये। आज सावन की बरसात बाहर नहीं संजना की आँखों में हो रही थी।

मेरे देश का वर्णन मिट्टी की ख़ुशबू,
रंगत और सौन्दर्य के बिना रहा अधूरा-सा।
कितना प्यार है मुझे इस देश से
जो सावन के मेघों-सा गरजा-बरसा पूरा-सा।

तीसरा विश्वयुद्ध

(एक)

प्रीत की रीत इन्सानियत की सीमा निर्धारित करके जिस तरह श्रेष्ठ भावनाओं के अलंकरण हेतु महत्त्वपूर्ण कार्य करने को आकस्मिक शोक के कारण विवादग्रस्त हो गयी, उसी तरह मनु के सम्पादित एक युग का अन्त निश्चित ही कुछ असमय प्रयासों द्वारा रोकने की पर्याप्त कोशिश हो रही है। कोरोना महामारी के अन्त के लिए युद्ध स्तरीय प्रयास किये जा रहे हैं। इस दरमियान कई देशों के बीच हो रहे राजनीतिक विवादों ने विस्फोटक रूप धारण कर लिया है। स्तब्ध विश्व अब किसी चीख़ का प्रतिरोध नहीं कर सकता है। आवाज़ अन्दर ही अन्दर सिमट रही है। आवागमन के अभाव से जनता की भावनाओं का विस्तार नहीं हो पाया। नतीजा हमारे आपसी-स्नेह सम्बन्धों के आहत होने के साथ वैश्विक परिदृश्य के विद्रूप चित्रों से उपजी मन और मस्तिष्क की समस्याओं ने मानवता की सीमाओं पर हो रहे क्षुद्र हमलों का जवाब हथियारों से देने की चेष्टा करते हुए तृतीय विश्वयुद्ध को आमन्त्रित कर लिया है।

युद्ध मनन का शुद्ध तन का, आरम्भ होता सही जीवन का।

परिवार अकस्मात् ही कोरोना महामारी की चपेट में आ गये थे। कोरोना की तीसरी लहर के आने से पहले ओमिक्रॉन के लक्षण दिखाई देने लगे थे। नये वर्ष की सुबह के साथ ही खिलखिलाकर देवी ने जीवा को उसके घर की बालकनी से ही हाथ हिलाकर बुलाया। जीवा ने पानी के छींटे चेहरे पर मारे और तौलिया लिया। तौलिये से मुँह पोंछकर कन्धे से घुँघराले बालों को सँवारा, फिर आईने में मुस्कुराकर देखा। अपने पर नाज़ कर बैठा जीवा।

गत वर्ष तो किसी तरह सब्र कर लिया था। लेकिन अब क्षण भर के लिए भी वह अपने घर रुका तो देवी नाराज़ हो जायेगी। दो वर्ष पूरे हो चुके थे इस नये घर

में आकर। बस तभी से इस बालकनी से सूरज के दर्शन करने के बाद सामने देवी को अपने ओर निहारते पाया था। जीवा उसकी बड़ी और काली आँखों में छिपे हुए अकेलेपन के दर्द से सिहर गया था। रात को सोसाइटी में हो रही नये वर्ष की पार्टी में देवी के हल्के नीले रंग के सलवार कुरते और गहरे नीले रंग के दुपट्टे को देखकर चौंक गया था। उसकी ख़ामोश अदाएँ जीवा को बेहोश कर रही थीं। कॉफ़ी का कप लेकर उसने मुँह से लगाया था कि कानों में एक दर्द-भरी आवाज़ गूँज उठी। बहुत ही मीठी आवाज़ थी। क्रोशिया की महीन बुनाई का कार्डिगन पहनी एक ख़ूबसूरत लड़की गिटार पर जो स्वरलहरी निकाल रही थी, उसमें दर्द का अहसास था। गीत के बोल कुछ नये थे :

नये सवेरे का इन्तज़ार है, नये दिन का मंजर होगा,
हरा-भरा यह बंजर होगा, आलम है ख़ुशियों का,
मुहब्बत-भरा इज़हार है, नये सवेरे का इन्तज़ार है,
नये सूर्य से साक्षात्कार है।

अन्धकार होने के पहले ही नये सूर्य के आह्वान के लिए आयोजित समारोह में देवी के पतले गुलाबी होंठों की मुस्कान पर जीवा फ़िदा हो गया था। गर्व से जीवा ने अपने काले और घुँघराले बालों पर हाथ फेरा। देवी के गीत से सब प्रभावित होकर तालियाँ बजा रहे थे। जीवा अपलक देवी को निहारने लगा।

(दो)

ज़िन्दगी पर प्रहार होते रहते हैं। कभी कड़ी धूप, कभी तूफ़ान, कभी बरसात, कभी भूकम्प, कभी ज्वालामुखी का फटना आदि। नदियों की बाढ़ आने के बाद मच्छर और गन्दगी से होने वाली महामारियाँ, जिनकी क़तार में अब वायरस से हो रही बीमारी कोरोना ने वैश्विक महामारी बनकर भयानक ताण्डव किया है। अकाल की पीड़ा से त्रस्त धरती को जब पानी मिला, तो युद्ध की विभीषिका कई देशों को सहनी पड़ी। किताब के पन्ने उड़ रहे थे और जीवा के हाथ काँप रहे थे। प्याली से चाय गिरकर जीवा की क़मीज़ को ख़राब कर चुकी थी। दो महीने ही तो हुए नौकरी लगी थी जीवा की नागपुर की एक प्रतिष्ठित कम्पनी में। पचास हज़ार रुपये माहवारी तनख़्वाह के साथ ही अच्छी-सी कार, सुन्दर-सा घर और घर की हवादार बालकनी में बढ़िया-सी मज़बूत कुर्सी पर बैठकर वह किताब पढ़ रहा था। पाँचवीं मंज़िल की बालकनी में तेज़ हवा लग रही थी। तार पर फैलाये हुए कपड़े उड़ रहे

थे। सब कुछ समेटकर कमरे में आकर जीवा ने बालकनी का दरवाज़ा बन्द कर लिया। क़मीज़ उतारकर पानी से साफ़ की और नयी शर्ट पहनकर उसने किताब पढ़ना आरम्भ किया। चीन की बुहान लैब से निकला कोविड वायरस युद्धस्तरीय महामारी का कारक है। इस महामारी से पीड़ितों की संख्या में लगातार वृद्धि हो रही थी। रोज़ाना इस बीमारी से मरने वालों की संख्या में बढ़ोतरी हो रही थी। सम्पूर्ण विश्व इस महामारी की चपेट में आ चुका था। फागुन की मस्ती पर यह बीमारी भारी पड़ गयी थी। यह भयावह महामारी और उस पर भी घरों में बन्द होने की सख़्ती से जैसे जनजीवन की नींव हिल चुकी थी। प्रधानमन्त्री नरेन्द्र मोदी ने सम्पूर्ण देश में लॉकडाउन लगाने की देशवासियों से अपील की थी। वर्ष 2020 की इस त्रासदी ने जीवा और देवी को एक अलग ही पहचान दी। देवी, जिसे देखना भी जीवा पसन्द करता था और सुनना भी, वह सामने वाले अपार्टमेंट की पाँचवीं मंज़िल की बालकनी में कभी तुलसी के पौधे के गमले में पानी डालते हुए तो कभी तार पर कपड़े फैलाती हुई नज़र आती थी। उसके हाथ में अक्सर एक गिटार होता था जिसे वह कभी-कभी बजाती भी थी। लेकिन देवी को देखकर ही जीवा समझ गया था कि देवी एक ऐसी शर्मिली लड़की है, जो क़तई अपने संगीत को या अपने शर्मिले स्वभाव को नहीं छोड़ सकती है।

(तीन)

तीन महीने लॉकडाउन के बीत गये थे। जीवा अपने माता-पिता के साथ घर ही था। उसकी बहन तारा भी उनके साथ ही रहती थी। सामने के अपार्टमेंट की पाँचवीं मंज़िल की बालकनी में अक्सर देवी अपनी भाभी से बतियाती रहती थी। भाभी सिर पर पल्लू डाले रहती थी। उनके माथे पर सितारों वाली लाल बिन्दी चमकती रहती थी। एक दिन जीवा से रहा नहीं गया, भाभी को प्रणाम कर ही लिया। भाभी ने आशीर्वाद के लिए हाथ उठाया तो देवी अचकचा गयी। जीवा ने देवी की तरफ़ हाथ हिलाकर 'हाय' कहा तो देवी झेंप गयी।

पलकों में बालों के अन्दाज़ बदल जाते हैं और इन्सान की नियत भी बदल जाती है। कुछ ख़ालीपन तो जीवा की ज़िन्दगी में पहले से ही था। जब जूली ने नये साल की पार्टी में जीवा को छेड़ते हुए कहा था कि वह नागपुर में रहना नहीं चाहती, इसलिए वह साथ में यूक्रेन चले। जीवा को नये वर्ष की संध्या पर जूली का प्रस्ताव मिलना अच्छा ही नहीं लगा था। पहले से ही जूली के आधुनिक रंग-ढंग देखकर वह परेशान था। जूली का हाथ अपनी कमर से हटाकर वह घर आ गया था। यूक्रेन

जाते समय जूली जीवा के साथ गले लगकर रोयी थी। यह सब कुछ जीवा और तारा को बहुत अटपटा लगा था। बाद में तारा इन सब बातों को लेकर जीवा का मज़ाक़ उड़ाती रहती थी। एक ओर तो जूली उसी के स्कूल में पहली से आठवीं कक्षा तक साथ पढ़ी थी। बाद में कॉलेज में एम.सी.ए. करने के लिए वह उसकी ही कक्षा में आयी थी। मास्टर ऑफ़ कम्प्यूटर एप्लीकेशन की कठिन पढ़ाई के लिए वह जीवा से मार्गदर्शन लेने के लिए अक्सर उसके घर आती थी। तारा ने भी उसी कॉलेज में बैचलर ऑफ़ कम्प्यूटर एप्लिकेशन में प्रवेश लिया तो जूली और तारा की अच्छी दोस्ती हो गयी थी। दूसरी ओर कम्पनी की ओर से मिले इस पाँचवीं मंज़िल के फ़्लैट के नीचे तीसरी मंज़िल पर जूली का घर था। इसमें छह-सात साल पहले ही जूली का परिवार रहने आया था। जीवा और जूली बचपन में मुहल्ले के पार्क में साथ ही खेलते थे। तारा, विनय और विराट भी उनके साथ बैडमिंटन और क्रिकेट खेलते थे।

इस हिन्दू लड़के ने चर्च हो या कॉलेज, उस लड़की के साथ कभी भी खेलने या पढ़ने के लिए मना नहीं किया। अलबत्ता जूली के अंकों का प्रतिशत जीवा के अंकों के प्रतिशत से दो प्रतिशत अधिक ही होता था। जीवा को नागपुर की प्रतिष्ठित कम्पनी में नौकरी मिली थी तो जूली को यूक्रेन की इंटरनेशनल कम्पनी में अच्छी तनख़्वाह और सुख-सुविधा के साथ पोस्टिंग भी मिली थी। विनय और विराट तो जूली और जीवा को साथ में ही देखने के आदी हो चुके थे। तारा तो बचपन में ही उनके साथ खेलती थी। इसके बाद तो तारा कभी विनय और विराट से मिली भी नहीं थी। विनय और विराट भी जीवा के अच्छे मित्र थे।

अनायास ही जूली की याद आ गयी। जाने कितना समय हो गया जूली को यूक्रेन गये। अब तो जीवा और जूली में कोई संवाद भी नहीं शेष था। जूली अपने लक्ष्य की ओर निकल गयी, जब कि जीवा अपने परिवार की परम्परा और देश के लिए समर्पित कर्मठ नौजवान था। आज माता जी और तारा मन्दिर गयी थीं। पिता जी भी किसी आवश्यक काम से बाहर गये थे। विनय और विराट बैठक में बैठे थे। जीवा से मिलने आये थे।

"चीन की भारतीय सीमा पर लगातार अतिक्रमण से सियाचिन गलवान सीमा पर काफ़ी तनाव है।" विराट फ़ौज में था। "मुझे भी जाना होगा, सीमा पर मेरी तैनाती है।" विराट ने जीवा से कहा, "चीन ने कोरोना महामारी विश्व में फैलायी है, ऐसा सन्देह है हमें। विश्व में महामारी के कारण मौत के भयावह आँकड़े आ रहे हैं। सभी चीनी उत्पादों को देश में बेचने पर प्रतिबन्ध लगा देना चाहिए। हमारे देश में चीनी उत्पाद हैं—जैसे मोबाइल, मोबाइल एप, कैलकुलेटर, वीडियो गेम्स आदि।" विराट ने आक्रोश से कहा। इससे जीवा और विनय चिन्तित हो गये।

"बड़ी ही विचित्र परिस्थिति है। बाज़ार बन्द होने से मेरा तो काम ही बन्द हो गया है। सरकारी आदेश आने पर ही दुकानें खोली जायेंगी।" विनय ने निराशा से कहा।

"अरे हाँ विनय! तुम्हारी तो टीवी., मोबाइल, वीडियो गेम्स आदि की मार्केट में दुकान है न।" जीवा ने कहा।

"क्या बताऊँ तुम्हें, दोस्तो! पुरानी दुकान बेचकर पाँच वर्ष पहले यह नयी दुकान ख़रीदी थी मैंने। लॉकडाउन के चलते तीन महीने में सब ख़त्म हो गया।" विनय ने उदासी के साथ कहा।

"निराश नहीं होते, विनय, ज़िन्दगी में उतार-चढ़ाव तो चलते ही रहते हैं। इन्सान को हार नहीं माननी चाहिए।" जब जीवा ने सांत्वना देकर कहा, तब विनय ने जीवा का हाथ पकड़ लिया था।

"सब कुछ ठीक तो हो जायेगा न, जीवा!" विनय के इस कथन पर विराट हँसने लगा था। फिर उसने विनय के कन्धे पर हाथ रखा और कान के पास अपना मुँह ले गया। फिर आराम से कहने लगा।

"ज़िन्दगी रही न दोस्त, तो फिर मिलेंगे। इससे ज़्यादा ठीक क्या होगा! मैं अपने घर तो तुम दोनों को नहीं बुला सकता था। दो दिन बाद मुझे भारत और चीन की सियाचीन गलवान सीमा पर तैनात रहना है। आज ही जीवा के घर में हम पार्टी कर लेते हैं।" विनय मुस्कुराया, "क्या लाया है?"

"सब कुछ जो तुम दोनों का पसन्दीदा है स्वादिष्ट व्यंजन और पकवान।" विराट हँसने लगा। उसने एक बड़ा-सा बैग खोला। उससे एक-एक चीज़ निकालकर डायनिंग टेबल पर सजा दी। वे सभी विनय और जीवा की पसन्द के स्वादिष्ट व्यंजन थे। चमकीले काग़ज़ में लिपटे दो उपहार भी थे, "तुम जैसे अच्छे दोस्तों के लिए ये लाया हूँ।"

तीनों मित्रों ने ख़ूब खाया-पिया, गाने गाये, झूमकर नाचे और फिर तीनों ख़ूब हँसे। यकायक ख़ामोशी छा गयी। दरवाज़े पर शायद पिता जी ने दस्तक दी थी। दरवाज़ा खोला। पिता जी के चरणस्पर्श किये दोनों मित्रों विराट और विनय ने। पिता जी उनसे मिलकर प्रसन्न हुए।

पिता जी ने कहा कि, "मैं थोड़ी देर पड़ोस में बैठता हूँ, तुम मित्र बहुत दिन बाद मिले हो। थोड़ी और बातें कर लो।" आशीर्वाद देकर पिता जी पड़ोसी के घर चले गये। जीवा ने दरवाज़ा बन्द कर दिया। तीनों दोस्तों ने एक-दूसरे की तरफ़ देखा। तीनों दोस्त चुटकुले सुनाने लगे और हँसने-गुदगुदाने लगे। यहाँ तक कि तीनों की आँखों में आँसू आ गये।

(चार)

वर्ष 2020 के अन्तिम तीन माह में बाज़ार कुछ समय के लिए खोले गये। विवाह, जनेऊ, मुण्डन, नामकरण, सालगिरह आदि समारोह शान्तिपूर्ण ढंग से आयोजित होने लगे। दूरी और स्वच्छता के नियमों का पालन किया गया था। सौ से अधिक व्यक्तियों को विवाह, जनेऊ, मुण्डन, नामकरण, सालगिरह, स्वागत या विदाई समारोहों में शामिल करना प्रतिबन्धित था। ऐसी ही एक रात में जीवा अपने लैपटॉप पर काम कर रहा था। उसे बालकनी के बन्द दरवाज़े पर आहट महसूस हुई, दरवाज़ा खोलने पर देखा कि झिलमिल रोशनी से देवी का घर और बालकनी जगमगा रहे थे। जीवा ने कुछ देर उसके घर को देखा-परखा, फिर दरवाज़ा बन्द करके सोने की कोशिश करने लगा। उसे अब भी देवी के घर से बर्तन, चूड़ी, पायल और गिटार की आवाज़ें आ रही थीं। औरतों के गीत और ढोलक की थाप सुनते-सुनते ही जीवा को नींद आ गयी।

नींद में कोई पास बैठा हुआ था, जागे जब तो सवेरा हुआ था।
आहट ही नहीं अब चाँदनी की, अपना तो सूरज सूरमई हुआ था।

अब सुबह हो चुकी थी, देवी तुलसी के पौधे में पानी डाल रही थी। चेहरे पर ख़ूब सारा क्रीम-पाउडर, गहरे लाल रंग की लिपिस्टिक होंठों पर लगायी थी। बालों का जूड़ा बनाकर गजरे से सजाया था। जीवा सकपकाया। देवी ने बालकनी के दरवाज़े को बन्द करते समय पलटकर देखा। वह जीवा को देख खिलखिलाकर हँस पड़ी थी। उसका पीले रंग का घेरदार लहँगा कमाल का तो था ही, उसकी लाल चुनरी ज़मीन को छू रही थी।

दिन तो सारा का सारा आज कम्पनी में ही काम करते हुए गुज़रा था। रात को देवी के घर से घुँघरू और मंजीरों की आवाज़ के साथ ही ढोलक पर गीत सुनाई दे रहे थे। जीवा को ऐसा महसूस हो रहा था कि देवी की ही शादी होने जा रही है। उसने करवट बदली। अभी सूर्योदय हो रहा था, बेसब्री से वह आकाश को निहार रहा था। प्रभात समय की वह छटा ही निराली थी। पता नहीं कब बालकनी में आयेगी। आठ बज गये थे लेकिन देवी की बालकनी बन्द ही रही।

शान्ति से लैपटॉप पर थोड़ी देर काम करने के बाद वह नाश्ता करके कम्पनी चला गया। रात देर से घर लौटा लेकिन देवी की बालकनी बन्द थी। वह सो गया। सुबह जब आँख खुली तो याद आया वह बालकनी का दरवाज़ा बन्द करना भूल

गया था। सूर्य तो चमक रहा था लेकिन जीवा की आँखों में अँधेरा छाने लगा। सामने की बालकनी में देवी के दर्शन नहीं हुए। निराश होकर जीवा वहीं कुर्सी पर बैठ गया, माता जी आवाज़ दे रही थीं। जीवा से उठा नहीं गया, तेज़ बुख़ार हो गया था। दो दिन तक बिस्तर से नहीं उठा था। तीसरे दिन सुबह सात बजे वह कोशिश करके बालकनी में गया। सामने की बालकनी में देवी तुलसी मैया के सामने हाथ जोड़कर प्रार्थना कर रही थी। जीवा ने देवी को देखकर हाथ जोड़ दिये थे। आज देवी ने हल्के हरे रंग की कुर्ती पहनी थी और सिर पर ओढ़नी डाली थी। देवी नज़रें झुकाकर घर में चली गयी। जीवा की धड़कन बढ़ गयी और वहीं कुर्सी पर बैठ गया। माता जी ने दवाई खिलाई और तारा बहन कॉफ़ी लेकर आयी।

(पाँच)

वर्ष 2021 का स्वागत तो बहुत हुआ परन्तु लॉकडाउन से मुक्ति नहीं मिली थी। विभिन्न प्रकार के मास्क मुँह और नाक ढँकने के लिए लगाये जा रहे थे। इससे मास्क लगाने की कुछ लोगों की आदत बन गयी थी। सेनिटाइजर का उपयोग आवश्यक था।

भारतवर्ष के दिग्गज नेताओं ने, जिनमें प्रधानमन्त्री नरेन्द्र मोदी, महामहिम राष्ट्रपति रामनाथ कोविन्द, निर्मला सीतारमण, स्मृति ईरानी, अमित शाह, योगी आदित्यनाथ, राहुल गांधी, प्रियंका गांधी, उद्धव ठाकरे, ज्योर्तिरादित्य सिन्धिया देश में हिन्दुत्व की भावना पैदा करने, भाईचारे की अद्भुत भावना जगाने में कामयाब रहे। भारतीय जनता पार्टी, विश्व हिन्दू परिषद् और शिवसेना के साथ ही भारतीय हिन्दुओं की कामयाबी का आलम यह रहा कि सौ वर्षों से भी अधिक समय से जिस अयोध्या में भगवान श्रीराम के मन्दिर के निर्माण को प्राथमिकता नहीं मिली थी, अब वहाँ सोने से सजे श्रीराम मन्दिर के निर्माण का भव्य शुभारम्भ हुआ। शिलापूजन के साथ ही रामलला की मूर्ति अयोध्या नगरी में स्थापित होने की ओर अग्रसर है। चीन ने लद्दाख में सीमा का उल्लंघन किया तो भारत ने उसको मुँहतोड़ जवाब दिया। रूस के शासक पुतिन हैं, तो अमेरिका में जो बाइडेन नये प्रेसीडेंट चुने गये। पूर्व प्रेसीडेंट डोनाल्ड तो व्हाइट हाउस छोड़ने को राज़ी नहीं थे। काफ़ी विरोध के बाद व्हाइट हाउस और ऑफ़िस में नये राष्ट्रपति को प्रवेश मिला, जो बाइडेन और उपराष्ट्रपति कमला हैरिस के शपथ ग्रहण समारोह का दूरदर्शन पर सीधा प्रसारण हुआ, जिसकी सराहना सम्पूर्ण विश्व ने की। वर्ष 2021 के अन्त में काशी में भगवान विश्वनाथ के लिए भव्य कॉरिडोर का निर्माण हुआ। इसका लोकार्पण प्रधानमन्त्री

नरेन्द्र मोदी ने किया। इस समारोह की सराहना पूरे विश्व में हुई। यह लोकार्पण समारोह भी बनारस शहर, भारतवर्ष की गंगा, वरुणा और असि नदियों के लिए यादगार रहेगा। कोरोना महामारी से मुक्ति के लिए सम्पूर्ण देश में दीपक जलाकर एवं थाली बजाकर हिन्दुत्व की मिसाल विश्व के सामने प्रस्तुत की गयी। कोरोना का प्रकोप कम होने पर मन्दिरों में प्रवेश शुरू हो गया। समाज में आवाजाही बढ़ गयी थी। बाज़ार और ऑफ़िस स्वच्छता का ध्यान रखते हुए, मास्क और आपसी दूरी बनाये रखते हुए पचास प्रतिशत कर्मचारियों के साथ खोल दिये गये।

(छह)

कोरोना के विरुद्ध अन्तिम लड़ाई टीकाकरण से लड़ी गयी। महामारी की दूसरी लहर में जूली के पिता का स्वर्गवास हो गया। जूली की माँ स्तब्ध थी। उसके छोटे जुड़वाँ भाई जिमी और जेम्स भी ख़ामोश थे। सबको महामारी का भय था। तीसरी मंज़िल पर सभी ईसाई परिवार थे। अत: जूली को अपने ही फ़ोन से जीवा को यह समाचार देना पड़ा। यूक्रेन के लिए निकलने से लेकर यूक्रेन जाकर बसने तक जूली ने न जाने कितने फ़ोन किये थे, लेकिन जीवा ने कोई जवाब नहीं दिया। उस फ़ोन नम्बर को, जो आख़िरी काल मिस्ड कॉल की तरह ही था, जीवा ने डायल किया तो जूली ने पहली ही रिंग पर फ़ोन उठा लिया, "हाँ बोलिए।"

"जूली, मैं जीवा हूँ और अभी तुम्हारे घर से आ रहा हूँ। दुखद ख़बर है, तुम्हारे पिता का निधन कोरोना से हो गया। सात-आठ दिन उनकी तबीयत ख़राब थी। उन्हें एम्बुलेंस से अस्पताल ले जाया गया था। अब उनके मौत की ख़बर आने से तुम्हारे घर पर कोहराम मचा हुआ है।"

सौतेली माँ और सौतेले भाई के दुर्व्यवहार से आहत हो जूली को जीवा ही अपना लगता था। कुछ सिसकते हुए जूली ने बीमारी के कारण यूक्रेन से भारत आने में असमर्थता जतायी। कुछ दिनों बाद ही जूली का परिवार तीसरी मंज़िल के फ्लैट पर ताला लगाकर कहीं चला गया। जीवा कभी ख़ुद को कोसता, कभी जूली को। उदास होकर देर रात तक सामने देवी की बालकनी निहारता रहता था। दस दिनों में ही वह देवी के प्रति अपनी चाहत समझ गया था।

मुलाक़ात इक मक़सद ही तो है, बहाने ज़िन्दगी दे देती है।
बस नाम जप ले राम का बन्दे, ठिकाने बन्दगी देती है।

हाथ में एक लाल और एक सफ़ेद गुलाब लेकर जीवा ने दस्तक दी तो लाल चुनरी और सफ़ेद कुर्ते में सजी देवी ने खिलखिलाकर दरवाज़ा खोल दिया। जीवा ने मुस्कुराकर दोनों गुलाब देवी के हाथ में दिये। उसके पिता जी को हाथ जोड़कर प्रणाम किया तो उन्होंने जीवा के दोनों हाथ पकड़ लिये। उसने कहा कि आपसे मिलकर बहुत ख़ुशी हुई।

भाभी ने गरम कचौड़ी परोसते हुए कहा था कि, "आइए हमारे साथ नाश्ता कीजिए। जीवा भी उनके साथ नाश्ता करने लगा।"

"गाजर का हलवा भी लीजिए।" भाई साहब ने अपनेपन से कहा तो जीवा ने इतराकर कहा कि, "कभी आप सब हमारे साथ हमारे साथ घर भोजन करें।" फिर उसने गाजर का हलवा खाया।

"मेरी बहन तारा तो चाइनीज फ़ूड बनाती है। शिकागो पिज्जा, बर्गर, ये सब तो इटालियन पास्ता के आगे कुछ भी नहीं। आपके स्वागत-सत्कार में कोई कमी नहीं होगी।" देवी फूलों और फलों से सजी थाली ले आयी। दोनों गणेश मन्दिर को दर्शन करने चल दिये।

क्रतुण्ड महाकाय सूर्यकोटि समप्रभ,
निर्विघ्नं कुरुमेव सर्वकार्येषु सर्वदा।

"भगवान गणेश शुभ कार्य में देरी नहीं करते हैं।" दोनों ने चौंककर पीछे मुड़कर देखा, तारा और माता जी मुस्कुरा रहे थे। देवी ने माता जी के चरण छुये तो उन्होंने आशीर्वाद दिया। जीवा कुछ न कह सका, उसकी तो आँखें ही बोल रही थीं कि उसे देवी की एक झलक भी मिल जाये तो वह ख़ुश हो जाये।

(सात)

वर्ष 2022 के आगमन से ही सब कुछ सामान्य होने लगा। कोरोना की तीसरी लहर के साथ ओमिक्रोन नाम की बीमारी से विश्व पीड़ित हो गया। डॉक्टर इलाज कर रहे थे। कोविशील्ड के टीकों के साथ बूस्टर टीके भी लगाये जा रहे थे। परिवहन व्यवस्था, बाज़ार और संचार व्यवस्था सुचारु रूप से गतिशील थे। कॉलेज, स्कूल और हॉस्टल भी खुल रहे थे। नये साल के स्वागत के लिए हमारे अपार्टमेंट में रहने वाले सभी लोगों ने वल्लभ सोसाइटी में एक शानदार रात्रिभोज रखा था। जीवा भी रात्रिभोज के लिए देवी का इन्तज़ार कर रहा था। देवी का परिवार तो आधे घण्टे

पहले से मौजूद था और जीवा उनको देख मुस्करा दिया लेकिन उसके सब्र का अब अन्त ही होने वाला था। गिटार की सुमधुर धुन से जीवा चौंक गया। अभी स्टेज पर नन्हे-मुन्ने बच्चे नाच रहे थे। नयी फ़िल्मों के हिट गाने बज रहे थे। कुछ क्षण के लिए पूरे हॉल में शान्ति छा गयी। स्टेज पर अँधेरा था। जैसे-जैसे गिटार की स्वरलहरी वातावरण में गूँज रही थी। पूरे हॉल में रोशनी कम से ज़्यादा और ज़्यादा से कम हो रही थी। स्टेज पर तो लाल, नीली, हरी, पीली रोशनी जगमगा रही थी।

जीवा के हाथ से कोल्ड ड्रिंक का गिलास गिरते-गिरते बचा। एक क्षण को तो वह अपनी आँखों पर विश्वास ही नहीं कर सका, लेकिन दूसरे ही क्षण वह तारा की शैतानी समझ गया। आज तो देवी ने बड़े फूलों वाले हल्के गुलाबी रंग की मैक्सी पहनी थी। वह एकबारगी तो जूली ही लगी थी। जूली की भाँति ही उसके बाल खुले थे। घुँघराली लट गालों पर थी। आँखों में काजल, होंठों पर गहरी लिपिस्टिक और माथे पर छोटी-सी गुलाबी बिन्दी चमक रही थी।

कभी थी मेरी सुन्दर तस्वीर यह, बनेगी किसी की ख़ूब तकदीर यह।
ख़ुशी से मुस्कुराती मेरी तरह यह, दिखेगी पलकों पर बैठ कहेगी यह।
सपने मेरे नैनों में ही रह, सपने मेरे आँसुओं में न बह।
अपने मेरे कभी तो अपना कह, अपने मेरे जीवन में आके रह।

गीत के बोल तो अपरिचित थे लेकिन गिटार की धुन पर थिरकती, मुस्कुराती और बलखाती देवी अप्रतिम थी। नया वर्ष, नयी प्रतिमा, नयी रागिनी और नया अन्दाज़ लेकर जीवा के मन को लुभा रही थी। आज की यादगार शाम और रात की नरम गरम-नान तो जैसे सदाबहार गीतों और सुवासित थाली में गरमाहट भर गयी थी। रेशमी हाथों ने जीवा के गालों को छुआ और रेशमी परी ने अपने पंख खोल दिये। नये वर्ष की शुभकामनाओं के साथ चमकती एक छड़ी, जिस पर सितारा टिमटिमा रहा था। जीवा को दी तो जीवा ने भी पंखों-सी नरम एक शॉल देवी को उपहार में दिया।

"इसके बिना तो रेशमी परी अधूरी है।" जीवा मुस्कुराया तो परी ने शॉल ओढ़ ली थी।

हमारा भारतवर्ष तो त्योहारों का देश है। मन्दिरों में छह फ़ीट की दूरी के नियम का पालन करते हुए भारतीय अपनी भक्ति और शक्ति से विश्व को बचाने में जुटे थे। जनवरी, 2022 के स्वागत के साथ लोहड़ी और गणतन्त्र दिवस भी मनाया गया। चेहरों पर मास्क और सेनेटाइजर की गन्ध की आदत हो गयी थी। भारत अपना

गणतन्त्र दिवस 26 जनवरी को मनाता है। अपने देश के गणतन्त्र होने के 72 वर्ष पूरे होने पर 26 जनवरी को हेलीकॉप्टरों ने प्रधानमन्त्री नरेन्द्र मोदी को तिरंगे झण्डे से आकाशीय सलामी दी। 15 अगस्त, 2023 को स्वतन्त्र भारत के 75 वर्ष पूरे होने पर अमृत महोत्सव मनाया गया, जिसमें भारतवर्ष के अमर होने की सफल कामना की गयी। सुजलाम सुफलाम मलयज शीतलाम...की महिमा में भारतीय सैनिकों ने प्रस्तुति दी।

वीर वही जो चलता है, धीर संकट में पलता है।
वन्दे मातरम ही नाता है, वक़्त करवट बदलता है।

दिल्ली के राजपथ (अब कर्तव्य पथ) की शोभा को अनेक राज्यों की झाँकियों ने बढ़ाया। वायुसेना और थलसेना के जवानों ने हैरतअंगेज़ करतब दिखाये। आज़ादी के जश्न के उल्लास कुछ अलग ही दिख रहे थे। असीम आधार के लिए वसुन्धरा अपनी छवि को निहारती हर्षित होकर जीवन के आने वाले पलों को ओढ़ने लगी थी। वसन्त पंचमी और वेलेंटाइन डे के उत्सवों ने बाज़ार की रंगत और रौनक लौटा दी थी। अच्छे दिन दोबारा आने वाले हैं, ऐसा अनुमान है। उस समय भी यही अन्दाज़ा था।

(आठ)

भारत में मीडिया ने लोगों में जागरण कर मताधिकार के प्रयोग का हौसला दिया था। वसन्त-बहार ने सुबह ख़ुशहाली, रास्ते में हरियाली दी। अचानक ही चमकते हुए सूरज को धूप ने घेर लिया था। वसन्ती हवाओं को स्वतन्त्र बहने से रोक दिया गया। ऐसा कहर रूस के प्रेसीडेंट व्लादिमिर पुतिन के नेतृत्व में यूक्रेन पर हवाई हमला करने से हुआ।

जब बिछड़ जाता है चमन से गुल,
जब गूँज उठता है दमन का बिगुल।
जब रात क़यामत की न हो छोटी,
जब हाथ में न हो नसीब की रोटी।
युद्ध तब होता है।
युद्ध जब होता है,
वो ग़ज़ब होता है
जीत ही लक्ष्य है
कौन अब सोता है?

युद्ध कब होता है?
दुश्मन जंग के आलम में होते हैं,
वक़्त की कोठरी में क्षण क़ैद होते हैं।

रूस और यूक्रेन के बीच युद्ध होने लगा। व्लादिमिर पुतिन की सेना ने यूक्रेन पर धुआँधार हमला बोल दिया। यूक्रेन के प्रेसीडेंट जेलेंस्की ने युद्ध रोकने की कोशिश की, लेकिन असफल रहे। रूसी सैनिकों ने कीव, खारकीव, ओड़ेसा आदि क्षेत्रों पर मिसाइलों और तोपों से गोले दाग़कर इन शहरों की भव्य इमारतों को ध्वस्त कर दिया। बहुत-से भारतीय, जिनमें हज़ारों छात्र थे, यूक्रेन में फँस गये थे। बाद में उन्हें रोमानिया की सीमा तक बस से लाया गया, फिर एयर इंडिया के विमानों से उन्हें भारत लाया गया। दहशत के साये से मुक्त होकर भारतीयों ने राहत की साँस ली। 24 फरवरी, 2022 को रूसी हमले शुरू हुए थे और आठ दिन तक लगातार ये हमले ज़ारी रहे। रूसी सेना ने यूक्रेन के कई शहरों पर क़ब्ज़ा कर लिया।

इस तरह शैतानी सायों से काँपती धरती पर बारूद के विस्फोटों से शरीर को झुलसाते अंगारे फागुन की विहंगम छटा को आने से पहले ही ज़ख़्मी कर चुके थे।

फागुन के रंग सब सजने लगे, रंग-भरे बदरवा गरजने लगे।

जीवा के घर देवी का परिवार आया है। बैठक में दोनों परिवार महत्त्वपूर्ण चर्चा कर रहे थे। जीवा और देवी बालकनी में थे। रात्रि का समय था। होली मिलन के बहाने से ही उन्होंने परस्पर संवाद करना आरम्भ किया था। रात्रि के भोजन का समय हो गया था लेकिन माँ और तारा गरम गुझिया और गुलाब-जामुन बनाकर ही सबको भोजन करायेंगी।

आपस में चर्चा का विषय और निर्णय दोनों के एक ही थे। और वे थे, 'जीवा संग देवी की शादी।'

'जीवा संग देवी की शादी' का मुहूर्त, दिन, कुण्डली मिलान, विवाह के लिए मैरिज हॉल, शादी के कपड़े, गहने आदि की बातें होने लगीं। माँ और तारा मेज़ पर थाल-कटोरा-गिलास-चम्मच रखकर उनमें भोजन परोसने लगीं। एक आवाज़ ने सबको चकित कर दिया, "अरे जीवा, मैं ये क्या देख रही हूँ।" देवी और जीवा एक-दूसरे का हाथ थामे हुए थे। जूली ने यह कहते हुए एक ही झटके में जीवा और देवी के हाथ अलग कर दिये और वह जीवा से लिपटकर फूट-फूटकर रोने लगी।

"घर में ताला लगा है। शायद घर में कोई नहीं है।" जूली ने अपनी परेशानी बतायी। "मम्मी और मेरे भाई मुझे बताये बिना कहाँ चले गये?" जूली ने शान्त

होते हुए कहा। तारा ने जूली को पानी पिलाया और अपने कमरे में ले गयी। बैठक में सन्नाटा छा गया। तारा कमरे से बाहर आ गयी। जीवा की ओर मुख़ातिब होकर तारा ने कहना शुरू किया "भइया, यूक्रेन पर रूस का हमला चल रहा है न, बड़ी मुश्किल से जूली युद्ध क्षेत्र से बाहर आयी है। मिसाइल के धमाकों से यूक्रेन की सरज़मीं दहल रही है। आकाश से आग के गोले बरसाये जा रहे हैं। ऐसे में जूली इन हवाई हमलों से बचकर किसी तरह रोमानिया पहुँची और वहाँ से एयर इंडिया के विमान से भारत आयी है। युद्ध के ख़ौफ़नाक मंजर को देखकर वह बहुत घबरा गयी है। भइया, उसके घर में ताला लगा है। उसकी सौतेली माँ और दोनों भाई तो घर छोड़कर कब से जा चुके हैं। बेचारी जूली! तुम्हें अन्दर बुला रही है, भइया!" जीवा हैरान था। देवी उसकी ओर एकटक देख रही थी। दोनों के माता-पिता परिस्थिति को समझकर ख़ामोश हो गये। जीवा ने देवी का हाथ पकड़ लिया और निराश होकर कहा, "लगता है तीसरा विश्व युद्ध शुरू हो गया।"

"तीसरा विश्वयुद्ध!" भाभी ने अचरज से पूछा।

"हाँ भाभी जी, रूस ने यूक्रेन के कई शहरों पर हमला कर दिया है। जूली यूक्रेन से ही वापस आयी है।" सभी अवाक् होकर जीवा को देख रहे थे। जूली ने बैठक में आकर देवी को धक्का दिया और जीवा के पास आकर खड़ी हो गयी। जूली आवेग से बोली, "यह तो तीसरे विश्व युद्ध की शुरुआत है।" देवी लज्जित है, जीवा ने देवी को चुप रहने का इशारा किया। "हम सब अभी यही बात कर रहे थे..." तारा ने चिन्तित होकर कहा कि, "तीसरा विश्व युद्ध शुरू हो गया!"

जूली ने स्पष्ट किया कि, "तीसरा अर्थात् तृतीय विश्व युद्ध!"

सभी ने एक स्वर में दोहराया कि "तृतीय विश्व युद्ध शुरू हो गया।"

चमकती मछलियाँ

(एक)

एक संगमरमर का महल था जिसका नाम था—श्वेत महल। श्वेत महल में एक छोटा राजकुमार रहता था। राजकुमार व्योम की देखभाल करने के लिए एक व्यक्ति की आवश्यकता थी। जिसके चयन के लिए सभी उपस्थित प्रत्याशियों को साक्षात्कार के लिए निमन्त्रित किया गया था। राजकुमार व्योम एक छोटे-से जलाशय के पास बैठा था। जलाशय में सुन्दर कमल खिले थे। जलाशय में सुन्दर चमकती हुई मछलियाँ तैर रही थीं। वह उन चमकती हुई मछलियों को दाना खिला रहा था। वे चमकती मछलियाँ अलग-अलग रंगों और अलग-अलग आकृति की थीं। नारंगी, हरी, पीली, जामुनी, सफ़ेद, भूरी मछलियों पर सोने और चाँदी-सी की धारियाँ थीं, जो रात में ज़्यादा चमकती थीं। राजकुमार व्योम की बड़ी बहन राजकुमारी वैशाली अपने पिता राजा पृथ्वीराज और माता रानी शालिनी देवी के साथ श्वेत महल के हरित उद्यान का निरीक्षण कर रही थी। उसके साथ दो रक्षक भी थे। राजा पृथ्वीराज के निजी सचिव और निजी सहायक भी इंटरव्यू लेने के लिए उपस्थित थे। साक्षात्कार-चयन में जो प्रत्याशी आये हुए थे, उनके नाम घोषित किये गये। श्रीमती गिडवानी, श्री रॉबर्ट, श्री श्याम सिंह, श्री कमल शर्मा, श्रीमती सुमिता दास, कुमारी माला, श्रीमती केतकी और आख़िरी नाम था श्रीमान चेंग। श्रीमती गिडवानी एक हँसती-मुस्कुराती मोटी और गोरी महिला थीं। उनके चेहरे पर मुस्कान थी। कुमारी माला और श्रीमती केतकी सुन्दर महिलाएँ थीं। कुमारी माला केवल 21 वर्षीय युवती थी। श्रीमती केतकी 32 वर्षीया महिला थीं। श्रीमती सुमिता दास एक ग्रेजुएट महिला थीं, उनका रंग साँवला था और ज़ोरदार आवाज़ थी। एक 31 वर्षीय अंग्रेज़ श्री राबर्ट भी थे। उनकी ऊँचाई छह फ़ीट तीन इंच थी और व्यक्तित्व सजीला था। श्री श्याम सिंह कमज़ोर होने के कारण थके हुए लग रहे थे। श्री कमल शर्मा 28 वर्षीय स्वस्थ और बुद्धिमान सज्जन

थे। अब बारी है चीनी जोकर श्रीमान चेंग की। मि. चेंग के बारे में क्या कहें? उन्होंने एक रंग-बिरंगी जोकर टोपी पहनी थी। उनका माथा चौड़ा था, बाल काले घुँघराले, आँखें काली और छोटी थीं। वे एक छोटी साइकिल पर आये थे। उनका क़द साढ़े चार फ़ीट था और गाल फूले हुए थे। उन्होंने छोटे राजकुमार से हाथ मिलाया और अपने घुटनों पर बैठ गये, ताकि हरित उद्यान में मौजूद सभी लोगों को वह सम्मान दे सकें। राजा और रानी चीनी जोकर से प्रभावित हुए, "मैं चेंग हूँ और मैं चीन से भारत में अपनी सर्कस टीम के साथ आया था। मेरे सर्कस का नाम 'चायना टाउन सर्कस' है। मेरी सर्कस कम्पनी चीन लौट गयी है, लेकिन मैं भारत में रहना चाहता हूँ। भारत एक महान् देश है। भारत एक विशाल और बहुत सुन्दर देश है। भारत के निवासी, पशु, पक्षी आदि भी मुझे प्रिय हैं। अत: मुझे अगर यहीं एक काम करने को मिले, तो मैं अपनी रोज़ी-रोटी कमा सकूँ।" बहुत ही मनमोहक अन्दाज़ में श्रीमान चेंग ने अपना परिचय दिया था।

अब साक्षात्कार आरम्भ हुआ। राजा पृथ्वीराज ने एक साधारण प्रश्न पूछा कि "सन्तुलित भोजन क्या होता है?" सबने चावल, दाल, दूध, फल और सब्ज़ियाँ खाने की सलाह दी। भोजन में कैलोरी की मात्रा कम करने से वह सन्तुलित भोजन बनता है, जिसे खाने से शरीर स्वस्थ और सुदृढ़ रहता है। घी, तेल आदि वसायुक्त पदार्थ और मिर्च-मसाले और शक्कर का कम उपयोग करना चाहिए।

राजा पृथ्वीराज का प्रश्न था, "कौन-सी बहुमूल्य वस्तु तुम्हें इस श्वेत महल में दिखाई दे रही है?"

"आपका बेशक़ीमती मुकुट राजा जी।" श्रीमती गिडवानी ने उत्तर दिया।

"मैं सोचती हूँ राजकुमारी वैशाली का राजसी वैभव से युक्त सिंहासन ही बहुमूल्य है।" श्री राबर्ट ने उत्तर दिया।

अब श्री कमल शर्मा ने उस हरित उद्यान की ओर इशारा करते हुए कहा कि "प्रकृति राजा जी! इसका उत्तर है—हरी घास, लम्बे वृक्ष, मोटी झाड़ी और ताज़े फल, ये सब बेशक़ीमती जागीर हैं, ख़ासतौर से जलाशय।"

कुमारी सुमिता ने उत्तर दिया कि "हर प्रकार और हर रंग के सुन्दर और कोमल गुलाब।" श्री श्याम सिंह ने कहा, "रानी जी के हीरे-जड़ित झुमके बहुमूल्य हैं।"

मिस केतकी ने राजकुमारी की ओर संकेत करते हुए कहा, "राजकुमारी वैशाली की गुलाबी-सिल्की-मुलायम रेशमी पंखों से बनी यह रत्न-जड़ित मैक्सी बहुमूल्य है।" कुमारी माला ने उत्तर दिया, "आपके श्वेत महल में जड़ित संगमरमर बहुत सुन्दर और मूल्यवान है।"

सभी ने उत्तर दिये। श्रीमान चेंग के उत्तर की प्रतीक्षा थी। अचानक नन्हा राजकुमार व्योम बहुत ख़ुशी से चिल्लाया, उसने एक चमकती नारंगी रंग की मछली पकड़ रखी थी।

"यहाँ देखिए सब लोग! मेरी चमकती मछली कितनी प्यारी है।" चीनी जोकर ने राजकुमार व्योम के हाथों से मछली लेकर फिर से जलाशय में छोड़ दी। "जलाशय में तैरती ये चमकदार रंग-बिरंगी मछलियाँ, राजा पृथ्वीराज जी! इनमें जो जीवन है, वह बहुमूल्य है।" राजा पृथ्वीराज की मुस्कान ने यह जाहिर कर दिया कि उन्हें श्रीमान चेंग का उत्तर पसन्द आया था। "हाँ, मछलियाँ जो जलाशय में हैं, वे चमकती मछलियाँ बहुत मूल्यवान हैं। हमने उन्हें न्यूज़ीलैंड से मँगवाया है।"

अब उन्हें कुछ खेल जैसे बैडमिंटन, फ़ुटबॉल, रस्सीकूद, साइकिलिंग और तैराकी प्रतियोगिता में हिस्सा लेना था।

कल्पना कीजिए, एक जोकर जिसका क़द साढ़े चार फ़ीट और वज़न 48 किलोग्राम है, कुछ खेलना चाहेगा। वह भी किनसे? छह फ़ुट ऊँचे और तीन इंच और मिला दें तो अंग्रेज़ श्री राबर्ट के साथ और 70 किग्रा. वज़न वाली हँसती-मुस्कुराती श्रीमती गिडवानी के साथ फ़ुटबॉल, कबड्डी, साइकिलिंग और रस्सीकूद के दमदार खेल। सभी जानते थे कि जीत के दावेदार श्री राबर्ट या श्री कमल शर्मा ही होंगे, लेकिन युवतियों ने भी खेल स्पर्धा जीतने के लिए कोई कसर नहीं छोड़ी थी। ख़ासतौर से कुमारी माला ने तो रस्सीकूद की स्पर्धा जीत ही ली थी। श्रीमती गिडवानी ने कबड्डी स्पर्धा में जीत दर्ज की तो श्री कमल शर्मा ने बैडमिंटन के खेल में सब प्रत्याशियों को बारी-बारी से हरा दिया। तैराकी स्पर्धा भी तरण-ताल में हुई, जिसमें श्री राबर्ट को विजेता घोषित किया गया। श्रीमान चेंग का साइकिलिंग और फ़ुटबॉल प्रतियोगिता में आश्चर्यजनक प्रदर्शन था। उनके करतब को देखकर सभी को अपनी आँखों पर विश्वास नहीं हुआ था।

रानी शालिनी देवी ने कहा, "श्रीमान चेंग आपने तो हमारी कल्पना के विपरीत स्वयं को अद्भुत खिलाड़ी साबित किया। दो खेलों में विजयी रहे।"

श्रीमान चेंग ने अपनी रंग-बिरंगी जोकर वाली टोपी उतारकर धन्यवाद कहा। अब चार प्रत्याशियों में से किसी एक का चयन केयरटेकर के लिए करना था। इन चारों प्रत्याशियों में श्रीमती गिडवानी, कुमारी माला, श्री कमल शर्मा और श्री राबर्ट शामिल थे। फ़ाइनल राउंड में अपनी प्रतिभा दिखानी थी। अभी तक श्रीमान चेंग को केयरटेकर के लिए चुना नहीं गया था। केवल उनकी सराहना की गयी थी।

चारों प्रत्याशियों से कहा गया कि, "अगले 45 मिनट में आप हमें अपनी सृजनात्मक प्रतिभा दिखाइए। आपका समय अब शुरू हो गया है।" शालिनी देवी ने चारों प्रत्याशियों से कहा। प्रथम प्रत्याशी श्री कमल शर्मा ने रंग और ब्रुश से कैनवास पर एक चित्र बनाया जो श्वेत महल और हरित उद्यान का था। बहुत ही प्रशंसनीय चित्र था, सबने बेहद पसन्द किया था। दूसरी प्रत्याशी श्रीमती गिडवानी ने एक हल्की हरी चादर को काँच और रेशमी धागों की कढ़ाई से ऐसा सजाया जैसे कि कोई रेशमी कालीन हो। सभी ने श्रीमती गिडवानी के इस रेशमी कारीगरी, जिसमें काँच के टुकड़े चमक रहे थे, को बहुत-बहुत सराहा।

कुमारी माला ने काग़ज़, कपड़ा, कैंची, धागा, काँच, मोती, गोंद आदि से बहुत सुन्दर 'वॉल हैंगिंग' बनाया। उसमें कुछ फूल भी बनाकर लगाये जो हरित उद्यान की तरह थे। फूलों की आकृति और रंग हरित उद्यान में खिले फूलों से हू-ब-हू मिलते थे। उसकी पुष्प-संरचना तो देखते ही बनती थी। कुमारी माला ने तो सबको आश्चर्यचकित कर दिया था। चौथे प्रत्याशी श्री राबर्ट ने गिटार, बाँसुरी और माउथ-आर्गन को बजाना शुरू किया। एक के बाद एक तीनों वाद्य-यन्त्रों से सुरीली धुन निकाली और गीत भी गाया। हरित उद्यान में उपस्थित सभी लोगों ने बहुत देर तक श्री राबर्ट की इस संगीतमय प्रस्तुति के लिए तालियाँ बजायीं। एक प्रत्याशी का चयन केयरटेकर के लिए करना था, लेकिन इन चारों की प्रतिभा देखकर किसका चयन किया जाये, यह निर्णय नहीं हो पा रहा था।

45 मिनटों में श्रीमान चेंग को किसी ने हरित उद्यान में नहीं देखा था। "ऐसा लगता है कि श्रीमान चेंग चले गये हैं!" राजकुमारी वैशाली ने हैरानी से कहा, तो रानी शालिनी ने पूछा, "तुमसे कुछ कह गये क्या अंगरक्षक?" दोनों रक्षकों ने कहा, "नहीं रानी जी वे तो श्वेत महल में गये हैं।"

"श्वेत महल के अन्दर तुम दोनों ने उन्हें जाने दिया?" रानी ने पूछा तो रक्षकों ने कहा, "वे आ रहे हैं।"

श्रीमान चेंग एक ट्रॉली लेकर आये। उस ट्रॉली में चाइना बोन के बाउल सेट में चाइनीज व्यंजन थे। खाने की प्लेट, चम्मच और कटोरियाँ 25-30 थे। सभी लोगों ने चाइनीज व्यंजनों का आनन्द लिया। पकवान तो श्रीमान चेंग मिठाई के डिब्बे में बन्द कर लाये थे। जब सबको तीखा लगा तब चीनी जोकर ने मिठाई भी सबको खिलायी। सबने एक ही बात कही, "बहुत स्वादिष्ट, बहुत-बहुत स्वादिष्ट ज़ायक़ा है आपके हाथों में श्रीमान चेंग।"

राजकुमारी ने जानना चाहा कि, "आपने इतना स्वादिष्ट चाइनीज फ़ूड कैसे बनाया?" श्री चेंग ने मुस्कुराकर कहा कि, "मैं आपके ही श्वेत महल के किचन में गया था। वहाँ पर जो सामग्री मिली उसी से मैंने यह चायनीज फ़ूड बना लिया।" चीनी जोकर बहुत ख़ुश था।

"सर्वोत्तम!" राजकुमार व्योम चाइनीज फूड खाकर ख़ुशी से चिल्लाया था, "ऑल दि बेस्ट!"

राजा पृथ्वीराज ने नन्हे राजकुमार की इच्छा को समझते हुए श्रीमान चेंग को पाँचवाँ प्रत्याशी घोषित किया। सभी प्रत्याशियों के अंकों की गणना हुई तो श्रीमान चेंग तीन अंकों से विजयी घोषित किये गये। अब राजकुमार व्योम को उसका मनपसन्द केयरटेकर मिल गया था।

(दो)

छह महीने बाद श्वेत महल में एक भव्य समारोह का आयोजन हुआ था। यह राजकुमार व्योम के बड़े भाई विचित्रसेन के स्वागत में आयोजित किया गया था, जो अमेरिका की यूनिवर्सिटी से परास्नातक की डिग्री लेकर आये थे। वे अपने साथ राजन, अजय और लीना को भी अमेरिका से लेकर आये थे। उनके सहपाठी और मित्र थे। वे सब बचपन के साथी थे। पूरे समारोह में श्रीमान चेंग छोटे राजकुमार की देखभाल कर रहे थे।

बड़े भाई से मिलकर छोटे राजकुमार की ख़ुशी का ठिकाना नहीं था। अगले दिन सुबह व्यायाम करने के लिए श्रीमान चेंग छोटे राजकुमार को हरित उद्यान में ले गये। व्यायाम करने के बाद जलाशय में चमकती हुई मछलियों को दाने खिलाये। जलाशय में सूर्य की रोशनी में सफ़ेद और गुलाबी कमल जगमगा रहे थे। श्रीमान चेंग को जलाशय के पास हीरे की अँगूठी चमकती हुई दिखाई पड़ी। चीनी जोकर ने हीरे की अँगूठी जेब में रख ली। उसने सोचा कि यह अँगूठी शायद राजकुमारी वैशाली की होगी। लेकिन राजकुमारी वैशाली ने उस अँगूठी को देखकर ही इनकार कर दिया। राजकुमारी आजकल नीलम जड़ी और पन्ना जड़ी दो सोने की सुन्दर और बड़ी-सी अँगूठियाँ पहनती थीं। यह एक छोटी अँगूठी थी, जिसमें छोटा-सा हीरा जड़ा था। यह किसी और की उँगली से गिरी थी। चीनी जोकर ने वह अँगूठी अपनी जेब में रख ली। शाम को जब श्रीमान चेंग व्योम से कमरे में चलने को कह रहे थे, तब छोटा राजकुमार व्योम श्वेत महल के अन्दर जाने को तैयार नहीं हो रहा था। उस जलाशय के पास खड़ा होकर रो रहा था। श्रीमान चेंग ने फिर एक बार राजकुमार व्योम को

अपने कक्ष में चलने को कहा, तो वह और ज़ोर-से चिल्ला-चिल्लाकर रोने लगा। "मेरी मछलियाँ, मेरी मछलियाँ! मेरी मछलियाँ कहाँ गयीं? नारंगी और लाल रंग की मेरी मछलियाँ जलाशय में नहीं हैं।"

श्रीमान चेंग ने ग़ौर से जलाशय में देखा। वाक़ई लाल और नारंगी मछलियाँ कुछ कम हो गयी थीं। छोटे राजकुमार और श्रीमान चेंग को भी लाल और नारंगी दुर्लभ मछलियाँ कुछ कम लग रही हैं। पिछले पाँच वर्षों में श्वेत महल के परिसर में चोरी की कोई घटना नहीं हुई थी। राजकुमारी वैशाली ने आते ही पूछा, "कितनी मछलियाँ चोरी हुई हैं व्योम?"

राजकुमार व्योम को ग़ुस्सा आया। उन्होंने कहा कि, "सात चमकती लाल रंग की मछलियाँ और पाँच नारंगी रंग की मछलियाँ कोई ले गया क्या?" वह रोने लगा, "हाय रे! मेरी प्यारी मछलियाँ, कितना चमकती थीं। जब वे तैरती थीं तो बहुत अच्छा लगता था। मेरे बिना किस हाल में होंगी वे? मेरी मछलियाँ कोई ला दे।"

चीनी जोकर ने रोते हुए व्योम को चुप कराने के लिए नाच-नाचकर गाना शुरू कर दिया...

मछली जल की रानी, जीवन उसका है पानी।
हाथ लगाओ डर जायेगी, बाहर निकालो मर जायेगी।

राजकुमार व्योम पर उसके गीत का कोई असर नहीं पड़ा। वह और चिन्तित हो गया, "मेरी मछलियाँ न श्रीमान चेंग, बहुत-बहुत समझदार थीं। ज़िन्दा ही होंगी मेरी मछलियाँ ला दो न।"

श्रीमान चेंग ने पूरा श्वेत महल और हरित उद्यान ढूँढ़ लिया लेकिन चमकती मछलियाँ कहीं नहीं मिलीं। हीरे की अँगूठी के बारे में भी किसी को नहीं पता था, तो राजकुमारी और चीनी जोकर को अचम्भा हुआ। दूसरे दिन राजकुमार विचित्रसेन और उनकी मित्रमण्डली वापस यात्रा पर जा रहे थे।

वे सब राजा और रानी से भेंट करने के पश्चात श्वेत महल से चले गये। आज जलाशय के पास की मिट्टी गीली की गयी थी, ताकि कोई भी जलाशय के पास जाये तो पता चल जाये। सबके जूते-चप्पल और पैरों का निरीक्षण-परीक्षण करने के बावजूद यह पता न चला कि कौन चुपके से जलाशय के पास आया और मछलियाँ चुरा ले गया। यकायक श्रीमान चेंग को लगा कि व्योम फिर रो रहा है। यह आवाज़ जलाशय के पास से आ रही है। उसे लगा, शायद व्योम का पैर जलाशय के पास गीली मिट्टी में फिसल गया है। वह पास गया तो व्योम 'मेरी मछलियाँ, श्रीमान चेंग,

मेरी काली चमकती मछलियाँ, लाल मछलियाँ और नारंगी मछलियाँ कहाँ गयीं? अब हम क्या करें? मेरी मछलियाँ कौन ले गया?" कह-कहकर रोता जा रहा था।

हड़बड़ी में चीनी जोकर भी जलाशय के पास गिर गया। उनके कोट और जूतों में कीचड़ लग गया। सिर पर चोट भी आयी थी। उनके सँभलकर उठते ही नज़र गीली मिट्टी में दबी रूबी की अँगूठी पर गयी। छोटी-सी अँगूठी थी, जिस पर रूबी जड़ा था। यह तो हीरे की अँगूठी की नाप की ही है। उन्होंने वह अँगूठी भी राजकुमारी वैशाली को दिखाई तो राजकुमारी को याद आया कि दोपहर में उसकी सहेली मुक्ता क्लास के नोट्स लेने आयी थी। कुछ देर पढ़ाई की, फिर मुक्ता हरित उद्यान में टहलने लगी और राजकुमारी वैशाली अपने बड़े भाई का पसन्दीदा केक पाइनएप्पल वाला बनाकर अपने बड़े भाई विचित्रसेन, मित्र अजय, राजम और लीना को खिलाकर जब वापस हरित उद्यान में आयी, तब भी मुक्ता हरित उद्यान में ही टहल रही थी। यह उसी की अँगूठी है। मैंने उसके हाथ में यह अँगूठी देखी थी।

"यह हुई न बात!" श्रीमान चेंग ने कहा, "मछलियाँ पकड़ते समय उसी की उँगली से अँगूठी गिर गयी होगी। हमें अभी मुक्ता को जाकर देखना चाहिए।"

शाम ढलने लगी थी। तीनों वेष बदलकर मुक्ता के आवास में पहुँचे। वह तीन मंज़िला एक इमारत थी। सबसे ऊपरी हिस्से में मुक्ता अपनी माँ और छोटे भाई के साथ रहती थी। राजकुमारी ने एक काम वाली लड़की का वेष धारण कर मुक्ता की माँ को बातों में उलझा कर रखा था। छोटा लड़का ग़रीब-सा बनकर दालान में बैट-बॉल से खेलने लगा। श्रीमान चेंग ने एक लड़की के वेष में मुक्ता के घर की तलाशी ली। तभी मुक्ता अपने कमरे से एक काला बैग कन्धे पर लटकाये तेज़ी से बाहर निकली, "मम्मी, मैं एक घण्टे में आऊँगी।" तीसरी मंज़िल से नीचे उतरकर उसने अपनी बाइक को चाभी लगाकर स्टार्ट किया और कहीं जाने लगी। चेंग और छोटा राजकुमार कार में तथा राजकुमारी वैशाली बाइक पर मुक्ता का पीछा करने लगे। वेष बदला हुआ था, इससे मुक्ता उन्हें पहचान न सकी।

दो-तीन किलोमीटर बाइक चलाने के बाद मुक्ता एक गली में मुड़ गयी। राजकुमारी वैशाली भी वेष बदलकर बाइक पर उसके पीछे ही मुड़ गयी। उस गली में कार नहीं जा सकती थी। तो श्रीमान चेंग ने कार पार्क कर दी। इस बीच राजकुमार व्योम ने एक ई-रिक्शा लेकर मुक्ता की बाइक का पीछा किया। श्रीमान चेंग तुरन्त ही एक साइकिल पर बैठकर उसी गली के अन्दर घुस गये। तीन-चार गलियाँ मुड़ने के बाद मुक्ता ने अपनी बाइक सेठ दीनबन्धु की आलीशान कोठी के सामने रोक

दी। तेज़ी से उस आलीशान कोठी में चली गयी। राजकुमारी वैशाली और राजकुमार व्योम भी उस कोठी में जाकर एक बड़े-से ऊँचे-से सोफ़े के पीछे छिपकर बैठ गये।

श्रीमान चेंग ने मोबाइल से पुलिस को दीनबन्धु सेठ की कोठी पर तुरन्त पहुँचने की सूचना दी। उन्होंने पुलिस को बताया कि, "श्वेत महल से जो चमकती मछलियाँ चोरी हुई हैं, वे यहाँ मिल सकती हैं।" श्रीमान चेंग उस आलीशान कोठरी में एक बड़े दरवाज़े के पीछे छिप गये। मुक्ता का काला बैग उस बड़े-से कमरे में एक मेज़ पर रखा था। पास ही दो छोटे जार भी रखे थे, जिनमें से एक में चमकती काली मछलियाँ थीं और दूसरे में लाल और नारंगी मछलियाँ थीं। कुछ देर में मुक्ता ही एक काला ब्रीफकेस लेकर बाहर आयी। उसके पीछे-पीछे मोटे और थुलथुल बदन वाले सेठ दीनबन्धु प्रसन्न होते हुए आये। चमकती मछलियों को एकबारगी देखा, फिर मुक्ता से कहा, "इस ब्रीफ़केस में एक करोड़ रुपये हैं। सम्हाल कर ले जाना।" दोनों ज़ारों को ग़ौर से देखकर मछलियाँ गिनने लगे, "एक, दो, तीन...नहीं सेठ जी, पूरी बीस मछलियाँ हैं, आप गिनकर देखिए। सात चमकती लाल रंग की, पाँच नारंगी रंग की और आठ काली मछलियाँ हैं। अद्‌भुत मछलियाँ हैं सब, सेठ जी!"

मुक्ता ने ब्रीफ़केस खोलकर देखा। नोटों की गड्डियाँ उसमें क़रीने से रखी गयी थीं। मुक्ता मुस्कुरायी। राजकुमारी ने अपने मोबाइल में उनकी बातचीत और लेन-देन का वीडियो बना लिया था। सेठ दीनबन्धु ख़ुश होकर सोफ़े पर बैठ गये और जार में मछलियाँ देखकर प्रसन्न हो रहे थे। मुक्ता ने ब्रीफ़केस भी मेज़ पर रख दिया, फिर रसोईघर में चली गयी। चाय और उपमा बनाकर ले आयी। सेठ ने गुलाब-जामुन भी लाने के लिए कहा।

"हाँ! अभी लाती हूँ, सेठ जी, गुलाब-जामुन।"

बड़े कटोरे सात-आठ गुलाब-जामुन भरकर मुक्ता ले आयी। सेठ दीनबन्धु चाय-नाश्ता करने लगे। मुक्ता ने अपना काला बैग कन्धे पर लटकाया और ब्रीफ़केस लेकर दरवाज़े से बाहर निकली। वह बाइक स्टार्ट करने लगी। तभी पुलिस ने मुक्ता को पकड़ लिया और अन्दर सेठ दीनबन्धु को भी पुलिस ने दबोच लिया।

राजकुमारी वैशाली ने सबूत के तौर पर मुक्ता और सेठ जी की बातचीत व लेन-देन का बनाया वीडिया दिखाया। मुक्ता और सेठ दीनबन्धु दुर्लभ मछलियों की ख़रीद-फ़रोख़्त करते रँगे हाथों पकड़े गये। राजकुमारी वैशाली ने कहा, "तुमने सहेली बनकर मुझे धोखा दिया है, मुक्ता! लालच में आकर तुमने मेरे साथ इतनी गन्दी हरकत कर डाली, जिसकी मुझे उम्मीद ही नहीं थी।"

मुक्ता बेशरम होकर हँसने लगी। राजकुमार व्योम ने एक जार और श्रीमान चेंग ने दूसरा जार उठा लिया। तीनों ने पुलिस को धन्यवाद कहा। पुलिस मुक्ता और सेठ दीनबन्धु को हथकड़ी पहनाकर अपने साथ ले गयी। श्वेत महल में सबने श्रीमान चेंग की बहादुरी और बुद्धिमानी की भूरि-भूरि प्रशंसा की।

राजकुमार व्योम ने अपनी प्यारी मछलियों को जलाशय में डाल दिया। जलाशय में वे ख़ुशी से पुन: तैरने लगीं। सूर्य के प्रकाश में सफ़ेद, गुलाबी कमलों के साथ खिलखिलाकर मुस्कुरा रही थीं। जलाशय भी अपनी खोयी मछलियाँ पाकर जगमगा उठा था।

हरी आँखों वाली लड़की

(एक)

रेलगाड़ी अपनी गति से पुल से गुज़र रही थी। यह पुल गंगा नदी पर बना हुआ था। सूर्योदय हो गया था। सूर्य की मीठी किरणें गंगा नदी के पावन जल में चमक रही थीं। शिवम ने गंगा मैया की वन्दना की और एक सिक्का नदी में फेंका। एक हरी आँखों वाली लड़की सामने की सीट पर बैठी थी। उसने अपने सिर पर शॉल ओढ़कर हाथ जोड़कर एक श्लोक का उच्चारण करने के साथ ही गंगा में एक सिक्का डाल दिया। उसकी दोनों छोटी बहनों ने भी कुछ सिक्के गंगा नदी में डाले। रेलगाड़ी अब गंगा को पार कर चुकी थी। प्रयागराज जंक्शन आने वाला था। शिवम के पास ही बैठे सहयात्री ने अपने परिवार के सदस्यों से कहा कि, "चलो उतरो सब, स्टेशन आ रहा है।" उसके परिवार के पाँचों सदस्य कुछ ही देर में अपना सामान लेकर प्लेटफ़ार्म पर उतर गये। जंक्शन पर उद्घोषणा की जा रही थी।

"यात्रीगण कृपया ध्यान दें, वाराणसी की ओर जाने वाली ट्रेन प्लेटफ़ार्म क्रमांक दो पर आ चुकी है।"

शिवम उस हरी आँखों वाली लड़की पर से अपनी निगाहें हटा नहीं सका तो वह लड़की मुस्कुराने लगी। उसकी दोनों बहनें प्लेटफ़ार्म पर खड़े यात्रियों को देखकर हँस रही थीं। शिवम ने पूछ ही लिया, "आपकी घड़ी में कितना बजा है?" "मेरी घड़ी सही समय नहीं बता रही है।" यह हरी आँखों वाली लड़की का जवाब था। "सवा आठ बज रहे हैं।"

"ठीक है।" शिवम ने अपनी घड़ी में समय सही किया। "आपको भी प्रयागराज में ही उतरना है क्या?" शिवम ने पूछ ही लिया। तीनों लड़कियाँ हँसने लगी। "नहीं तो। हम तो यूँ ही प्लेटफ़ार्म पर उतर रहे हैं। हम तो वाराणसी जा रहे हैं।" उस लड़की

ने कहा तो शिवम से रहा नहीं गया। ख़ुश होकर बोला, "अरे हाँ, वही तो, मैं भी जा रहा हूँ। वाराणसी में एक शादी के रिसेप्शन में।"

"वाराणसी या बनारस?" छोटी लड़की से पूछा, "हम तो बनारस में अपनी दीदी की शादी में जा रहे हैं।" दूसरी लड़की ने कहा।

"एक ही शहर के दोनों नाम हैं बनारस और वाराणसी। हम अपनी दीदी की शादी में जा रहे हैं।" उस लड़की ने कहा।

"एक ही शहर के दोनों नाम हैं बनारस और वाराणसी, लेकिन तुम्हारी दीदी का नाम क्या है?" शिवम ने छेड़ते हुए कहा।

हरी आँखों वाली लड़की मुस्कुरायी, उसके मुख पर लज्जा की लाली छा गयी। उसने अपनी बहन को हाथ पकड़कर उसे रोकना चाहा पर छोटी बहन चुलबुली थी, "छोड़ न दीदी!"

हरी आँखों वाली लड़की ने उसे अपनी आँखें दिखाकर धमकाया तो चुलबुली बहन ने भी जोश में आकर कहा, "नैना दीदी!"

शिवम को अचरज हुआ, "तुम्हारी शादी होनी है बनारस में।"

"हाँ तो! क्या हुआ?" नैना ने मुँह फुलाकर कहा।

"कब है?" शिवम ने जानना चाहा।

"शुक्रवार को अगले सप्ताह में।" नैना ने उत्तर दिया।

"आज तो बुधवार है, फिर गुरुवार, फिर...।"

"अगले सप्ताह के शुक्रवार को है शादी, आप आओगे।" छोटी बहन ने शिवम से कहा, "बहुत मज़ा करेंगे हम।"

सुन्दर आँखें और सुन्दर नाम था उस लड़की का नैना। उसकी हरी आँखें आकर्षक थीं। शिवम भी कभी ऐसी लड़की से नहीं मिला था। 26 वर्षीय नौजवान शिवम का आकर्षक व्यक्तित्व था। अच्छी-भली कमायी थी। "लेकिन तुम तो छोटी लगती हो।" शिवम ने मज़ाक़ किया। "सोलह बरस की बाली उमरिया लगती है तुम्हारी।"

"नहीं तो! अठारह बरस की हो जाऊँगी अगले बुधवार को।" नैना ने भी कह दिया। शिवम ने भी तपाक से पूछा, "ओह! अरेंज मैरिज या लव मैरिज, नैना जी, वह भी बता दीजिए।"

"धत्!" नैना ने हौले से कहा, "अरेंज मैरिज।" सब खिड़की से बाहर भारत देश की हरियाली देखने लगे। भारतवर्ष की प्राकृतिक सुन्दरता में जितनी सादगी है उतनी ही भव्यता भी है।

नैना भी एक सौम्य, सादगीपूर्ण, भव्य और दिव्य भारतीय लड़की है। गंगा की लहरों की भाँति उसकी हरी आँखें लहराती हुई मालूम पड़ रही थीं। रेलगाड़ी बनारस के रेलवे स्टेशन पर पहुँच गयी थी। एक क्षण के लिए शिवम के दिल की धड़कन रुक गयी।

"धक्..."

सूरज सिर पर खड़ा था। दोपहर के बारह बज गये थे। अभी सूरज की ऊष्मा सर्वाधिक थी। बनारस के भरे हुए रास्ते और ट्रैफ़िक जाम! लगभग दो घण्टे बाद शिवम घर पहुँचा तो उसके मामा जी ने दरवाज़ा खोलते ही कहा, "हम तुम्हारा ही इन्तज़ार कर रहे थे।" पूरा घर भारतीय व्यंजनों की महक से सुवासित था। मामा-मामी स्वीडन से आये थे। सबने एक साथ गर्मागर्म स्वादिष्ट शुद्ध बनारसी भोज किया। मामा-मामी स्वीडन से उसकी मौसेरी बहन नताशा की शादी के रिसेप्शन के लिए बनारस आये थे। उसके नाना-नानी का घर था। यहाँ वह और नताशा अक्सर बचपन से यशपाल मामा की संगीत साधना का मज़ा लेते थे। "नाश्ता कम-से-कम आज तो हमारे साथ करती। ठीक कह रहा हूँ न, मामा जी! हम सब तो उसी की शादी के रिसेप्शन के लिए आये हैं। रिसेप्शन की पार्टी तो कल है न, मामा जी!" शिवम की बेचैनी देखकर यशपाल मुस्कुराये, "लगता है, तुम्हें हमारे साथ अच्छा नहीं लगा।"

"नहीं तो मामा जी, मैं तो कह रहा था कि हमें जितना मज़ा आ रहा है, नताशा को भी उतना ही मज़ा आता। मैं तो नताशा के आने का इन्तज़ार कर रहा हूँ। दरअसल उसकी शादी में नहीं जा पाया था, छुट्टी नहीं मिली थी। लेकिन अब तो उसे आना चाहिए। उसकी और आपकी दोनों की बनारस में उपस्थिति बहुत ही रोचक होती थी।" शिवम अपना इन्तज़ार और बेचैनी बयाँ नहीं कर सका।

"हाँ शिवम, वह आयेगी ज़रूर। तुम यात्रा से आये हो न। थोड़ा आराम कर लो। शाम को तुम्हारे सफ़र के बारे में पूछेंगे हम।" माँ ने कहा तो शिवम बोला, "कुछ भी तो नया नहीं था सफ़र में। सब कुछ ठीक ही था।" बिस्तर पर लेटते ही शिवम को कुछ ही क्षणों में नींद आ गयी।

"चाय पीजिए और गरम कचौड़ी भी खाइए।" नताशा की मीठी आवाज़ कानों में पड़ते ही शिवम ने आँखें खोलीं। नताशा लाल-हरी तारों जड़ी जालीदार साड़ी पहने थी। शादी का चूड़ा हाथ में सज रहा था। बालों का बड़ा-सा जूड़ा बनाया था, जिसमें सोने की जूड़ा पिन सजी थी। गले में और कानों में बनारसी कलाकृति के स्वर्णाभूषण थे।

"रोज़ ही जींस-टॉप या स्कर्ट-टॉप पहनने वाली आधुनिक नताशा दुल्हन के शृंगार में बहुत ख़ूबसूरत लग रही थी। उसके साथ मामा की बेटियाँ रेवती और स्वाति तथा छोटी मौसी की बेटी विभा भी आज बेहतरीन घाघरे और ओढ़नी में स्वर्णाभूषण से अलंकृत होकर आयी थी।" संगीत और नृत्य की महफ़िल सजने लगी थी। एक टीम लड़कियों और दूसरी टीम लड़कों की होगी। "देखें, जीत किसकी होती है? गरम चाय और कचौड़ी खाकर मैं सन्तुष्ट था और मन में लड्डू भी फूट रहे थे। सारा घर रोशनी से जगमगा रहा था। हमारी टीम के लीडर मामा यशपाल तो उनकी टीम की कप्तान छोटी मौसी थीं, लेकिन मामा जी की ही जीत हुई।"

रात का भोजन भी तैयार हो चुका था। नताशा को लेने उसकी ससुराल से देवर नियम और ननद निधि आये थे। "माँ ने अच्छी तरह खाना और मिठाइयाँ पैक कर नताशा की कार में रखवा दी। रात भी काफ़ी गहरी हो गयी थी।"

शिवम दुल्हन नताशा और नैना के बारे में सोच-विचार कर रहा था, एक करवट तो एक परिपक्व, शिक्षित और स्वतन्त्र आत्मनिर्भर नताशा थी, तो दूसरी ओर सुन्दर, सुशील, पारम्परिक और सुघड़ लड़की नैना थी। दूसरी करवट बदलते ही नैना की लज्जा, आकांक्षा और भावनाएँ समझ आ रही थीं और नताशा की मित्रता, आदर्श और आधुनिकता को नज़रअन्दाज़ नहीं किया जा सकता था। दो परिवारों की दो लड़कियों में इतना भेदभाव अनुचित लग रहा था। नताशा की शादी में लेन-देन, दिखावा समुचित था, वहीं नैना की शादी उसके दादा जी के मित्र के पोते से निश्चित की जा चुकी थी, ताकि भारतीय परिवारों के आपसी सम्बन्ध भी वैवाहिक गठबन्धन से पहचाने जा सकें। "विवाह को एक पवित्र बन्धन मानते हैं हमारे बुज़ुर्ग। "काश! आज भी मैं उस हरी आँखों वाली लड़की के साथ ट्रेन में ही होता।"

अगले दिन नताशा की शादी का रिसेप्शन उसकी ससुराल वालों ने रखा था। शिवम अपने मामा-मामी, नाना-नानी, मौसा-मौसा जी और माँ-पिता जी के साथ गया था। छोटी मौसी विभा, रेवती और विशाखा को बाद में आना था। उन्हें शृंगार करने के लिए समय चाहिए था। तो वे चारों एक घण्टे पश्चात् शादी में आयेंगी। महफ़िल में रंग जमा था, तभी यकायक शिवम की निगाहें हरी आँखों वाली लड़की पर ठहर गयी थी। शिवम ने नताशा से पूछा, "ये कौन है?" नताशा ने शरारत से कहा, "मेरे पति सुधीर के रिश्तेदार हैं। तुम से मिलवाऊँ नैना को।"

"मिल चुका हूँ कल ट्रेन में। हम साथ ही तो आये थे।" शिवम निराश था। "अगले सप्ताह उसकी भी शादी होनी है।"

"तुमको इसमें क्या दिक़्क़त है? ये लोग बनारस के ही कट्टर हिन्दू हैं। नैना के पिता जी बैंक ऑफ़ बड़ौदा में नौकरी करते हैं, इसलिए इस शहर से उस शहर इनके तबादले होते रहते हैं।" नताशा ने कहा।

"नैना के दादा जी दिल के मरीज़ हैं। एक बार दिल का दौरा पड़ चुका है। तभी तो इतनी कम उम्र में शादी कर रही है नैना।"

शिवम ने अफ़सोस जताया।

"तब तो ठीक ही है न। मुझे कोई दिक़्क़त नहीं है।"

नैना ने शिवम को रोका, "जल्दी में हो क्या?"

नैना मुस्कुरायी, उसके होंठ गुलाबी थे। उसने गुलाबी रंग का लहँगा-चोली और ओढ़नी पहनी थी। गुलाबों से सुसज्जित श्रृंगार किया था।

"बहुत प्यारी लग रही हैं, पिंकी जी।" शिवम ने उसकी ओढ़नी को छुआ।

नैना ने मुँह बनाया, "छोड़ो मुझे।"

"क्यों? श्रीमती नैना होने की इतनी जल्दी है तुम्हें। देखो जल्दबाज़ी में काम बिगड़ जाते हैं।"

शिवम ने समझया, "मैं नताशा का मौसेरा भाई हूँ। शिवम मेरा नाम है। 26 वर्ष की उम्र में ही मैं मथुरा रिफ़ाइनरी में इंजीनियर हो गया हूँ।" नताशा मुस्कुरायी तो शिवम ने कहा, "मैं अपने माँ-बाप की इकलौती लाड़ली सन्तान हूँ न। इसलिए कह रहा हूँ, पिंकी जी, एक बार तो मेरे बारे में सोचिए।"

नैना ने अपना हाथ छुड़ाया, "पागल हो गये हो क्या?" नैना भाग गयी। शिवम बहुत देर तक हँसता रहा था।

रात बारह बजे पार्टी ख़त्म हुई। सबको नींद आ रही थी। शिवम कब बिस्तर पर सोया और कब प्रभाती सुनकर जाग गया, उसे पता ही नहीं चला। रात ख़त्म हो गयी थी और सुबह हो गयी थी।

सुबह-सुबह कुछ कह रही है,
बनारस में गंगा बह रही है।
शिव के ताण्डव से प्रसारित है,
किनारों से गंगा कह रही है।
मुक्तिदायिनी भक्तवत्सला
शक्ति का प्रचार कर रही है।
पावनता की स्वतन्त्र धारा है,
बनारस में गंगा रह रही है।

सुबह-सुबह दशाश्वमेघ घाट पर जाकर गंगा में पवित्र स्नान किया और बाबा विश्वनाथ के दर्शन के लिए निकल पड़ा। बाबा विश्वनाथ की आरती में एक सज्जन से मुलाक़ात हुई। शिवम के पास ही खड़े हुए थे। आरती के पश्चात् प्रसाद ग्रहण कर जब वे दोनों साथ ही बाहर आये तो वे सज्जन कहने लगे, "नताशा बहू के मौसेरे भाई हो न?"

शिवम ने उनके चरणस्पर्श किये, "मैं आपके साथ ही तो रेलगाड़ी में बनारस तक आया हूँ।" सज्जन ने आशीर्वाद दिया, "ख़ुश रहो, तुम्हारी सभी कामनाएँ पूरी हों।" शिवम ने उन्हें बताया, "आज मैं रात की ट्रेन से वापस जा रहा हूँ। आप तो अपनी बेटी की शादी के लिए रुकेंगे।"

सज्जन चिन्तित थे, "अगर मैं उन्हें 30 लाख रुपये दहेज में दूँगा तब अगले सप्ताह शादी होगी। मेरे पिता जी के मित्र का पोता है, उनकी मर्ज़ी से शादी तय की गयी थी। मेरे पिता जी दिल के मरीज़ हैं। 30 लाख रुपये कहाँ से दूँ?" उन्होंने शिवम से पूछा, "मुझे इतना दहेज देना चाहिए क्या? तुम क्या सोचते हो दहेज के बारे में नौजवान?"

शिवम चुप रहा। जब वे सज्जन मन्दिर की सीढ़ियों से उतर रहे थे तो आख़िरी सीढ़ी पर उन्हें चक्कर-सा आने लगा। शिवम ने उन्हें सहारा दिया। एक गिलास पानी-लाकर उनके मुँह से लगाया। पानी पीने के बाद वे होश में आ गये।

"मेरे ख़याल से महोदय दहेज लेना-देना अपराध है और शादी में लड़की अठारह वर्ष की और लड़का 21 वर्ष का होना चाहिए। हम सबको क़ानून को मानना ही होगा।" शिवम ने उन्हें सलाह दी तो वे सज्जन गर्दन हिलाते मन्दिर से चले गये।

शिवम भी सीधे अपनी माँ के पास आया, "माँ, आज खाना नहीं खाऊँगा, पेट में दर्द हो रहा है।"

माँ ने कहा, "शिवम तुम नौजवान हो। बच्चों की तरह तुम्हें पेट में दर्द नहीं हो रहा है, मैं जानती हूँ तुम्हारे दिल में दर्द हो रहा है।" शिवम ने भी चुपचाप अपना सामान खोलकर माँ को साड़ी दे, पिता जी के हाथ में घड़ी बाँधने लगा था। एक सोने की अँगूठी मामा जी को, एक सोने की अँगूठी मामी जी को पहनायी। मौसियों को साड़ियाँ उपहार में दीं और नानी-नाना के लिए दुशालें लाया था, उन्हें दे दिया। मौसा जी के हाथ में घड़ी बाँधी और अपनी तीनों बहनों को सोने के हार दिये शिवम ने। तीनों बहनें बहुत ख़ुश थीं।

"बहुत बढ़िया हार है, भाई!" तीनों बहनों ने एक साथ कहा।

"अब कब आओगे, भाई?" विशाखा ने पूछा।

"आऊँगा न तुम तीनों की शादियों में।" शिवम ने दिलासा दिया तो मामा-मामी ने पूछा, "इतने सारे, इतने महँगे उपहार लाने की क्या ज़रूरत थी, शिवम?"

"समझ लीजिए, अपनी पहली कमाई की ख़ुशी में ये सारे तोहफ़े लाया हूँ।" शिवम मुस्कुराया।

"बहुत ही बढ़िया घड़ी है।" मौसा जी ने कहा।

"नरम-गरम दुशाला है। ख़ूब अच्छा उपहार है।" नाना जी ने कहा।

"बस आपके आशीर्वाद से अच्छी नौकरी और अच्छी तनख़्वाह है, नाना जी।"

"रुक भी जा, इतनी भी क्या जल्दी है वापस जाने की।" नानी ने बड़े ही दुलार से शिवम से कहा तो शिवम ने अपनी मजबूरी बतायी। "बड़ी मुश्किल से ट्रेन में बर्थ मिली है, नानी! आजकल दो-तीन महीने पहले ही बर्थ का रिज़र्वेशन कराना पड़ता है। शादियों के मौसम में तो ट्रेन एकदम भरी होती है। मैं अब निकलूँगा, नानी! ट्रेन भी पकड़नी है। बनारस के ट्रैफ़िक में स्टेशन पहुँचने में दो-तीन घण्टे तो लग ही जायेंगे।" सब शिवम की इस बात पर हँसने लगे। "अच्छा भइया, पर आना ज़रूर हमसे मिलने।" रेवती ने कहा। "ये सब पकवान और नमकीन भी अपने साथ ले जाओ। जब तुम्हारे पेट में दर्द कम हो तब खा लेना। सब मीठा और नमकीन तुम्हें पसन्द आयेगा।" कहते हुए माँ ने तरह-तरह की मिठाइयों और नमकीन से भरा एक बैग उसको दिया। शिवम ने माँ के पैर छुये। पिता जी ने गले लगाकर विदा किया। मामा-मामी और मौसा-मौसी के चरण स्पर्श किये और अपने नाना-नानी से भी ढेर सारा दुलार प्राप्त कर शिवम घर से निकल पड़ा रेलवे स्टेशन के लिए। बनारस के ट्रैफ़िक जाम के बावजूद शिवम समय से पहले प्लेटफ़ार्म पर पहुँच गया। ट्रेन प्लेटफ़ार्म पर कुछ ही देर में आने वाली थी। अचानक इतनी भीड़ में उसे हरी आँखों वाली लड़की दिखाई दी।

"नैना!" उसने पुकारा, "मुझसे मिलने आयी हो।"

"हाँ।" नैना मुस्कुरायी।

"मेरे साथ चलोगी।"

"नहीं।" नैना ने पलकें झुका दीं।

"तो क्यों आयी हो?" शिवम ने ज़रा नाराजगी जतायी।

"तुम मेरे साथ चलो।" नैना ने शिवम को पकड़ लिया।

"मेरे पिता जी 30 लाख रुपये दहेज नहीं जुटा पाये। मेरे दादा जी की तबीयत ख़राब हो गयी है। उन्हें तो मेरी शादी करनी है। मैं क्या करूँ? कैसे मेरी शादी होगी?"

"अरे! मुझे नहीं पता, मुझे माफ़ करो मेरी ट्रेन छूट जायेगी।" शिवम झल्लाया।

"अगले बुधवार मेरा जन्मदिन है, तब तक रुक जाओ।" नैना ने भी चिल्लाकर कहा।

"क्या करूँगा रुककर यहाँ?" शिवम रेलगाड़ी के अन्दर अपनी सीट पर जा बैठा। खिड़की से बाहर देखा तो नैना की हरी-हरी आँखें उसे देख रही थीं। उन हरी आँखों में एक आशा की किरण चमक रही थी।

तभी एनाउंसमेंट हुआ, "यात्रीगण कृपया ध्यान दें, प्लेटफ़ार्म नम्बर दो पर खड़ी ट्रेन कुछ ही देर में जाने वाली है।"

यह क्या देख रहा था शिवम? नैना की हरी-हरी आँखों में आँसू थे। फिर वह आँसू नैना के गोरे गालों पर लुढ़क गये। नैना के गुलाबी होंठ फिर भी मुस्कुरा रहे थे। पहले नैना ने हाथ जोड़कर विनती की, लेकिन जैसे ही ट्रेन धीरे-धीरे प्लेटफ़ार्म से सरकने लगी, उसने शिवम को देखकर हाथ हिलाना शुरू कर दिया। नैना को पीछे छोड़कर शिवम ठीक नहीं कर रहा था। शिवम का दिल ज़ोर-ज़ोर से धड़क रहा था। धक्-धक्...

वह लड़की जो मिली थी, इसी रेलगाड़ी में मुझे कल।
हरी आँखों में तैरते सपने, लगे हरी-हरी गंगा का जल।
आज दूर खड़ी है ऐसे, अपनों में इक पराये के जैसे।
वह लड़की इतनी सजल कैसे? कैसे भूलूँगा मैं उसको ऐसे।
हरी आँखों में लक्ष्य है एक, हरी आँखों में सपना है नेक।
गुलाबी होंठों में है मुस्कान, हरी आँखों में आँसू तो देख।

आनन-फानन शिवम ने दोनों बैग गाड़ी से नीचे फेंक दिये और गाड़ी से कूद गया। नैना ने यह देखा तो दौड़कर शिवम के पास पहुँची। नैना लिपट गयी शिवम से। नैना की आँखों से बहने लगी गंगा की धारा, शिवम की आँखों भी बह निकली जमुना की धारा। दो पावन नदियों के जल का हुआ संगम।

"मुझसे शादी कर लो।" नैना ने हौले से कहा।

"अरेंज मैरिज या लव मैरिज?" शिवम ने पूछा।

"अरेंज मैरिज।" नैना हँसने लगी, शिवम भी हँसने लगा। हरी आँखों वाली लड़की की आँखों में सपने तैरने लगे।

एक था बचपन

नानी ने पुकारा, "अरे बालू! नन्हे बालू, जल्दी नीचे आ। ज़रा चखकर तो देखना नानी ने कितना मीठा-मीठा हलवा बनाया है, कितना स्वादिष्ट हलवा बनाया है अपने नन्हे बालू के लिए, बालू की यशोदा नानी ने।"

बालू ने छत से नीचे की ओर आँगन में ताका। "धीरे-धीरे बोलो यशोदा नानी, वह कौआ है न छत पर, तुम्हारी आवाज़ सुन रहा है।"

हलवे की बात सुनते ही नीना और सोनी के मुँह में पानी आ गया। रसोईघर में जाकर कटोरी और चम्मच लेकर दोनों बहनें नानी से ज़िद करने लगीं और कटोरी में हलवा माँगने लगीं।

"हमें हलवा दो, न नानी! दिखाओ तो डिब्बा खोलकर, नानी, हमें हलवा देखना है।" नीना ने ज़िद की, नानी ने पोती की बात नहीं सुनी तो सोनी ने डिब्बे पर चम्मच बजाया। "नानी, गाजर का हलवा है या सूजी का बनाया है आपने, हमें भी चखने को दो न। हमें भी खाना है नानी, वो डिब्बे वाला हलवा।" नानी ने सोनी की बात को अनसुना कर दिया।

नानी ने डिब्बा हाथ में ठीक से पकड़ लिया और छत की सीढ़ियाँ चढ़ने लगी। हँसते हुए बालू की ओर देखते हुए कहने लगी, "मेरे दुलारे बालू, मेरी आँखों के तारे बालू, तुम्हें भूख लगी होगी। अब जल्दी से हलवा खा ले।" वह बालू के समीप जाकर खड़ी हो गयी। पीछे-पीछे नीना और सोनी भी छत पर पहुँच गयीं।

"देखो बालू, भैया कटोरी और चम्मच भी लाये हैं हम तुम्हारे लिए। आओ हम सब कटोरी में हलवा लेकर चम्मच से खायेंगे, बालू भैया।" कहते हुए सोनी ने चम्मच से कटोरी बजायी। बालू भैया ने दोनों बहनों और नानी को अनदेखा कर दिया। पाँच वर्षीय बालक बालू, मैली-सी बनियान और नीली निक्कर पहने हुए था और एकाग्रचित्त मामा के खड़िये से भरा डिब्बा छत पर अपने पास रखकर खड़िये से छत रँग रहा था। नानी ने घबराकर कहा, "अरे बालू भैया, तुमने ये सब क्या किया। पूरी छत खड़िये से रंग दी है।"

"माँ का चित्र बना रहा हूँ, नानी!" बालू बोला।

"देख बेटा।" नानी ने कुछ कठोर होते हुए बालू से कहा "तेरी दोनों बहनें नीना और सोनी नहा-धोकर परी जैसी सजी-सँवरी है। और तू अभी तक नहीं नहाया है।"

"शूऽऽऽ चुप रहिए।" बालू ने अपने नरम लाल ओठों पर उँगली रखते हुए कहा। सूरज की तपती किरणों ने बालू का गोरा-गोरा मुखड़ा लाल कर दिया था। दूसरे हाथ में दूसरा खड़िया भी पकड़ लिया और दोनों हाथों से छत को खड़िये से रँगने लगा।

नीना ने बालू का एक हाथ पकड़ा तो सोनी ने उसका दूसरा हाथ पकड़ लिया, "बालू भैया, इस प्रकार छत की रँगाई न करो खड़िया से! माँ देखेगी तो मारेगी।" नीना की बात पर सोनी ने भी रज़ामन्दी दिखाई। "हाँ बालू, माँ क्रोधित हो जायेगी।"

सोनी ने डर दिखाते हुए कहा, "बालू, अब बस करो! नहीं तो माँ कहेंगी बालू कैसा बालक है?" अचानक बालू ने दोनों हाथ छुड़ाये और नानी के सामने जाकर खड़ा हो गया। उन्हीं खड़िया से रँगे हाथों से यशोदा नानी की साफ़ साड़ी खींचने लगा, "माँ तो कहेगी ही कि बालू कितना प्यारा है न, नानी!"

नानी अचकचा गयी। सोनी ने बालू का हाथ पकड़ लिया। "नीचे चलो बालू भैया, धूप तेज़ हो गयी है।" बालू ने सोनी से हाथ छुड़ाया और हाथ ऊपर उठाकर नाचने लगा।

हो-हो, हे-हे बालू अच्छा है।
हो-हो, हे-हे बालू सच्चा है।
हो-हो, हे-हे माँ कहेगी ये।
बालू प्यारा-सा नन्हा सा बच्चा है।

बालू ज़ोर-ज़ोर से ताली बजाते हुए गाने लगा।
नानी का हलवा मीठा-मीठा, नीबू का शरबत खट्टा-खट्टा,
माँ का दुलार मीठा-मीठा, बालू पर ग़ुस्सा खट्टा-खट्टा।

नीना और सोनी सहम गयीं। दो सप्ताह पहले ही उनकी बुआ की मौत हो गयी तो नानी बालू को अपने साथ ही अपने घर ले आयी थी। बालू अपनी माँ को जब याद करता है, तक ख़ूब हँसता है या रोता है। कोरोना महामारी और फिर माँ का न होना, पिता जी से पाँच वर्षीय बालू सम्हाला नहीं जाता था।

तभी तो नानी उसे अपने साथ ही गाँव लिवा लायी थी। नाना के खेत थे गाँव में। मामा जी की दुकान भी थी इसी गाँव में। लेकिन बालू को तो बस माँ के पास जाना था। आसमान में उँगली से इशारा कर कहने लगा, "माँ देखो!"

"पगला बालू!" नानी ने लाड़ से बालू को उठाते हुए कहा। "अब माँ नहीं तेरे पास, माँ तो गयी भगवान के पास। अब माँ भगवान के घर से लौटकर नहीं आयेगी और बालू नानी के घर पर आया है, अब वह नानी के पास ही रहेगा।"

"यशोदा नानी!" बालू रोने लगा, "मेरी माँ मुझे छोड़कर भगवान के घर क्यों चली गयी। अब वह हमारे साथ यह मीठा हलवा कैसे खायेगी?"

तभी बालू की मामी छत पर आ गयी। नीना और सोनी माँ आ गयी। माँ आ गयी कहकर कूदने लगीं। बालू ख़ामोशी से मामी की ओर देखने लगा। पहले मामी का गोल चेहरा देखा, फिर माथे की गोल बिन्दी, गालों पर बालों की गिरती लट, लाली लगे हुए ओठों से दाँत दिखाई पड़ रहे थे क्योंकि मामी हँस रही थी। हरी-भरी साड़ी में बेल-बूटे की कढ़ाई थी। बालू को बीना मामी भी पसन्द आयी और उनकी साड़ी भी अच्छी लगी।

मामी ने बालू को नानी की गोद से ले लिया और उसे पुचकारने लगी, "अरे, देखो सोनी, बालू तो बहुत प्यारा बच्चा है। अरे देखो नीना, बालू तो बहुत अच्छा बच्चा है।" और बालू भी हँसने लगा।

हाँ माँ! हाँ माँ!
आओ माँ! आओ न।
खाओ माँ! खाओ न।
गरम-गरम हलुआ है,
नरम-नरम हलुआ है,
लाल-लाल गाजर से,
सफ़ेद-सफ़ेद दूध से,
मीठी-मीठी शक्कर से,
काजू-किशमिश-बादाम से।
यशोदा नानी के दुलार से
बीना मामी के प्यार से
स्वाद है, याद है
मेरी माँ की याद है।

सबने कटोरी में गाजर का हलवा लेकर चम्मच से खाया और मिलकर बालू को ख़ुशबूदार साबुन लगाया। फिर हल्के गर्म पानी से नहलाकर ख़ूब सुन्दर कुर्ता और पायजामा पहनाया।

खुदीराम बोस

ये शहीद खुदीराम बोस नहीं थे। शहीद खुदीराम बोस को कौन नहीं जानता? वे अंग्रेज़ों के ज़ुल्मों के ख़िलाफ़ हो रहे स्वराज के आन्दोलन से जुड़े थे। उनका जन्म 3 दिसम्बर, 1889 को बंगाल के मिदनापुर ज़िले के बहुबैनी नामक गाँव में कायस्थ परिवार में बाबू त्रैलोक्यनाथ बोस के यहाँ हुआ था। भारतीय स्वाधीनता संग्राम का इतिहास क्रान्तिकारियों के साहसिक कारनामों से भरा हुआ है। उन्हीं क्रान्तिकारियों की सूंची में एक नाम खुदीराम बोस का था। नौवीं कक्षा तक पढ़ाई करने के बाद 1905 में बंगाल विभाजन के बाद वे देश को आज़ादी दिलाने के लिए स्वदेशी आन्दोलन में कूद पड़े। 30 अप्रैल, 1908 को उन्होंने मुज़फ़्फ़रपुर में आकर सेशन जज की गाड़ी पर बम फेंका, लेकिन उस समय उस गाड़ी में किंग्सफ़ोर्ड की जगह उनकी दो परिचित यूरोपियन महिलाएँ कैनेडी और उसकी बेटी सवार थी। दोनों महिलाएँ मारी गयीं और खुदीराम बोस को 11 अगस्त, 1908 को फाँसी दे दी गयी थी।

इस कहानी में भी हम पश्चिम बंगाल में रहने वाले खुदीराम बोस की बात कर रहे हैं। जिनका जन्म 1968 में हुआ था और तारीख़ भी 3 दिसम्बर होने से मिदनापुर ज़िले के निवासी राम बोस ने उनका नाम खुदी रख दिया। इतना प्रसिद्ध नाम होने के कारण उन्हें पहचानने वालों की उस ज़िले में कोई कमी नहीं थी। पिता राम भी तो यही चाहते थे कि खुदीराम बोस की वजह से उनका व्यवसाय अनाज मण्डी में ख़ूब फूले-फले। ऐसा ही हुआ। अनाज मण्डी में दूर-दराज़ से लोग आते थे और खुदीराम बोस के खेतों से अनाज, शाक-सब्ज़ी, फल आदि मुँहमाँगे दामों में ख़रीद कर ले जाते थे। बंगाली बाबू खुदीराम बोस बंगाली कुर्ते और धोती में बुद्धिजीवी नज़र आते थे। हर कोई उन्हें उनके कसे हुए बदन की वजह से बहादुर समझता था। खुदीराम बोस हर वाक़या ख़ुद से ही सम्पन्न करते थे और ख़ुद ही सबको उस वाक़ये का

आँखों देखा हाल बढ़ा-चढ़ाकर बताते थे। राम जाने उस विवरण में कितनी सच्चाई होती थी? कब, कहाँ और कितना झूठ बोला जाये, इसमें तो उनकी उस्तादी थी।

खुदीराम बोस ज़रा-ज़रा-सी बात पर बहक जाते थे। तिल का ताड़ बना देते थे।

ये मिज़ाज बदलेगा, ये अन्दाज़ बदलेगा,
वक़्त ठहरता नहीं कहीं, वक़्त ही हमें बदलेगा।
आलम ग़ज़ब है जानकर वक़्त बदलेगा।
आज लिखा गया है, वो कल मिटाया जायेगा।

यूँ ही नहीं कहते हैं सब कुछ ऐसा-वैसा हम खुदीराम बोस के बारे में। अभी दो सप्ताह पहले की बात है। मोगरासिंह ढाबे वाले ने अपने पोते का नामकरण किया, उसने सभी लोगों को जलेबी-रबड़ी की दावत दी। वे खुदी को दावत में बुलाना भूल गये थे। जब खुदीराम बोस मोगरासिंह की दावत में नहीं दिखे तो बाद में लोगों ने खुदी से पूछा, "क्या हुआ भाई, तुम मोगरासिंह से जलते हो क्या? उनके यहाँ पोता हुआ और तुम वहाँ नहीं आये।" खुदीराम बोस ने कहा, "उन्होंने तो मुझे बताया ही नहीं कि पोते का नामकरण होना है।"

फिर थोड़ा इतराया, "क्या नाम रखा है मोगरासिंह ने अपने पोते का?" रामभरोसे काका ने कहा, "मोगरासिंह ने बहुत ही भला नाम रखा है पोते का? उसने अपने बेटे का नाम मलखान की ही भाँति माखन रखा है। माखन एकदम मक्खन जैसा है। उसे देखकर मन ख़ुश हो गया।"

"बहुत ही भाया है न काका, माखनसिंह हम सबको। उसकी गहरी काली आँखें और उनमें लगा काजल, है न काका, वह दिल को भा गया।" रामभरोसे के साथ-साथ चल रहे पन्द्रह वर्ष के लड़के विवेक ने बताया तो खुदीराम बोस भी पीछे नहीं रहे।

"कल ही मैंने मोगरासिंह के ढाबे पर दालमक्खनी और नान खायी थी। तब ही मेरे कान में डाल देते तो मैं भी उनके घर पहुँच जाता। मेरे दिल को ठेस लगी है। ऐसा मैंने क्या कर दिया, जो इतनी बड़ी बात मुझसे छुपायी मोगरासिंह ने।" अपने मुँह मियाँ मिट्ठू बनते हुए खुदी ने बताया, "अरे भाई, यह तो कुछ भी नहीं है। ऊँट के मुँह में जीरे के बराबर ही दावत थी! जलेबी और रबड़ी, बस!

मेरी बिटिया की सगाई होगी विजयादशमी पर, तब बंगाली रसगुल्ला और सन्देश तो बनेंगे ही। मटर की कचौरी, आलू का रस्सा और बिरयानी भी हम अपने

मेहमानों को खिलायेंगे। सुबह के नाश्ते में दही-जलेबी और भजिया खिलायेंगे। सगाई दोपहर बारह बजे होगी, फिर भरपेट खाना खिलायेंगे।"

"देखो बेटे, तुम्हें मोगरासिंह को भी दावतनामा भेजना चाहिए था। बहुत देर तक नाराज़ या दुखी न रहना।" मातादीन ने खुदी को सलाह दी।

"हाँ काका, गाँव में सबको दावतनामा भेजेंगे। ध्यान रखेंगे, कोई न छूटे।"

"हमें आपसे यही उम्मीद है, भाई!" शिरीष ने ख़ुश होकर खुदी को गले लगाया। सब लोग चले गये। खुदीराम बोस अपने घर के सामने अकेला खड़े रहे। मन ही मन ख़ुश हो रहे थे। अच्छा ही हुआ वरना मोगरासिंह के यहाँ एक चाँदी की कटोरी तो देनी ही पड़ती न, पोते के नामकरण संस्कार के अवसर पर और आने-जाने का रिक्शे का भाड़ा भी। कुछ तो बचत हुई आज। बचत से याद आया, वह हाथ में पासबुक लेकर बैंक ही जा रहे थे। अपनी जेब में दो हज़ार रुपये रखकर उन्हें बैंक में जमा करने के लिए।

खुदीराम बोस का अपना मकान था, जिसके सामने वह लोगों से लम्बी-लम्बी डींग हाँक रहे थे। यह मकान बहुत आलीशान था। इसमें तीन मंज़िलें थीं। इस मकान में दो बुज़ुर्ग रहते थे, एक तो खुदी के पिता राम बोस और दूसरे उनके चाचा लक्ष्मण बोस। दो औरतें भी रहती थीं, एक तो खुदी की चाची सुनन्दा और दूसरी खुदी की पत्नी राशि। खुदी के गोल-मटोल तीन बच्चे थे–दो लड़के शशि और राकेश, जब कि एक लड़की सुनयना। तीनों बच्चे कभी हँसते थे, कभी रोते थे। कभी पूरे घर के अन्दर दौड़ते-कूदते थे, कभी-कभी आपस में ही झगड़ते थे। खुदी की एक और बेटी रागिनी थी। उन्नीस बरस पहले खुदी की बड़ी बहन रोशनी उसे अपने साथ अपनी ससुराल ले गयी थी। रोशनी बुआ के साथ रागिनी बिटिया हँसी-ख़ुशी रहती थी।

रोशनी को बच्चा न होने पर वह रागिनी की परवरिश अपनी बेटी के समान ही कर रही थी। ज़िन्दगी मज़े से कट रही थी। इस बड़े-से मकान के पीछे खुदीराम बोस के चार-पाँच खेत थे, जिनमें अच्छी फ़सल के साथ ही शाक-सब्ज़ियाँ और फल-फूल भी उगते थे। ज़िला मिदनापुर के मुख्य बाज़ार में खुदीराम बोस के चाचा की तेल, पाउडर, इत्र, साबुन आदि की बड़ी-सी दुकान थी। एक ट्रक भी था उनके पास, जो पश्चिम बंगाल के शहरों और गाँवों में सामान ले जाता-लाता था। खुदी की पाँचों उँगलियाँ घी में थीं।

खुदी ने एक चौकीदार रखा था। चौकीदार कालीचरण तेल पिलाया हुआ एक डण्डा साथ रखता था। वह खुदी घर के बाहर खड़ा था। खुदीराम जब बैंक जाते,

तब वहाँ उनके साथ वह भी जाता। इसके अलावा भी वह घर में कुछ न कुछ काम करता रहता था। बच्चों की बस न आने पर उन्हें छोड़ने भी जाता था। कभी-कभी खुदीराम भी जीप में उन्हें छोड़ने के लिए स्कूल जाते। उनकी श्रीमती जी भी बच्चों को छोड़ने के लिए जीप में बग़ल वाली सीट पर बैठकर जातीं। तीनों बच्चे पीछे अपने बस्ते और टिफ़िन के साथ हँसते-मुस्कुराते ख़ुशी से बैठ जाते। अभी कुछ देर पहले ही मोगरासिंह की बस्ती से आते-जाते लोगों ने खुदीराम बोस के दर्शन किये थे। उन्हें मोगरासिंह के घर हुई एक-एक बात से अवगत कराते थे। ख़ैर! दोपहर दो बजे वे बैंक जाने लगे, तेज़ धूप थी, तभी उनसे एक बच्चा भागते हुए टकरा गया। उसकी जेब में कंचे थे, जो गिर पड़े तो खुदी ने उन्हें उठाकर अपनी जेब में रख लिये।

पूरे रास्ते में अब कोई भी परिचित नहीं मिला। जैसे-तैसे खुदी अपने चौकीदार के साथ बैंक के गेट पर पहुँचे। अचरज की बात थी, बैंक का दरवाज़ा अन्दर से बन्द था। अन्दर से शोर सुनाई दे रहा था। गोलियाँ चलने की भी आवाज़ आ रही थी। ख़तरा भाँपकर खुदी दरवाज़े के एक तरफ़ हो लिये, चौकीदार कालीचरण दूसरी ओर खड़ा हो गया। खुदी ने जेब से कंचे निकालकर हाथ में लेकर दरवाज़े का एक किवाड़ पकड़ लिया, तो कालीचरण ने दूसरा किवाड़। उसके एक हाथ में डण्डा तो था ही। पाँच मिनट बाद दरवाज़े के पास हलचल होने लगी। दरवाज़े पर लगे लॉक को चाभी घुमाकर खोलने की आवाज़ आयी। लेकिन दरवाज़ा खुला नहीं। तब वह चाभी निकाल ली गयी। खुदी ने लॉक के छेद से अन्दर देखा तो दो आदमी मुँह पर नकाब लगाये हाथ में बन्दूक लिये लोगों को डरा-धमका रहे थे। एक आदमी ने उनके कन्धों पर एक-एक बैग टाँग दिया और दो बैग अपने कन्धे पर लिये थे। एक हाथ में छुरा था और दूसरे में चाभी थी लॉक की। दुबारा से चाभी लॉक में डाली, फिर भी वह घूम नहीं रही थी। आख़िरकार तीसरी बार उस चाभी से वह लॉक खुल ही गया और उन डाकुओं ने दरवाज़ा खोलने की कोशिश की। खुदी और कालीचरण चौकीदार ने किवाड़ के पल्लों से उन्हें मारा। दो डाकुओं को तो किवाड़ों से चोट लगी, लेकिन तीसरा डाकू उन्हें छुरा दिखाते अपने चोटिल साथियों को आगे लेकर भागने की कोशिश करने लगा तो खुदीराम बोस की जेब में जो कंचे थे, उन्हें फ़र्श पर फेंक दिया। जिन पर वह फिसलकर गिर पड़ा। इतने में कालीचरण ने डण्डे मार-मारकर उस डाकू को घायल कर दिया। बैंक में बन्द लोगों ने बाहर आकर डाकुओं से बन्दूक और नोटों से भरे बैग छीन लिये। तीनों डाकुओं को बाँधकर लोगों ने पुलिस के हवाले कर दिया गया। यह पूरा वाक़या उस ज़िले में एक मिसाल बन गया था। खुदी की बहादुरी के ख़ूब चर्चे होने लगे।

पिता राम बोस को अपनी औलाद खुदी पर काफ़ी गर्व हो रहा था। एक फ़क़ीर ने उन्हें खुदी की पहली सालगिरह पर समझाया था–

खुदी को कर बुलन्द इतना कि हर तक़दीर से पहले,
ख़ुदा बन्दे से पूछे बता तेरी रज़ा क्या है।

खुदीराम बोस एक बहादुर व्यक्ति की भाँति लोगों की नज़रों में उभर कर आ रहे थे। कल तक तो केवल उनकी धन-सम्पत्ति के चर्चे थे मिदनापुर ज़िले में, लेकिन अब पश्चिम बंगाल में उनकी बहादुरी की गाथा भी प्रचलित हो गयी थी। बंगाली बाबू की तो काया पलट हो गयी थी। आते-जाते लोग उन्हें अपने घर बुलावा देने लगे। सबके यहाँ चाय-नाश्ता और भोजन करने से खुदीराम बोस की सेहत बहुत बढ़िया हो गयी थी। गाल फूलकर लटकने लगे थे। आँखें चमकने लगी थीं। कुर्ते टाइट हो गये थे और खुदीराम बोस भी बड़प्पन से रहने लगे थे। उनके खेतों में फ़सलें लहलहाने लगी थीं। उनकी शाक-सब्ज़ियों को सेहतमन्द सब्ज़ी का दर्जा मिला। उनके फल-फूल बाज़ारों की रौनक बन गये थे।

चौकीदार कालीचरण, जो रात में खेतों की रखवाली करता था, तीन दिन के लिए अपने गाँव चला गया था। रात में खेतों की चौकीदारी करना जटिल काम था। खुदी एक हाथ में टार्च और दूसरे हाथ में लाठी लेकर दो-चार गश्त लगाने में ही थक जाते थे। उन्होंने सोचा-समझा, फिर निर्णय लिया कि कमरे में जाकर सुस्ताते हैं, जिस पर आँख भी लग गयी। अचानक ख़ूब ज़ोर से आवाज़ सुनाई दी। तेज़ हवा के बहने से खिड़कियों के पल्ले हिलने लगे थे। खुदी ने खिड़की से बाहर देखा तो घबरा गये। फ़सल के बीच में कुछ चल रहा था। फ़सल भी हिल रही थी।

इस हलचल को देखने के लिए खुदी ने आँखों पर चश्मा लगाया पर कुछ साफ़ न दिखा। बाहर निकल आये। खुदीराम बोस एक हाथ में टार्च और दूसरे हाथ में लाठी लिये फ़सल की ओर बढ़े जा रहे थे। उनका ख़याल था कि कोई चोर है, जो खेत में चोरी कर रहा है सब्ज़ियों-फलों की। लेकिन तीव्रगति से कुछ विशालकाय आकृतियाँ उनकी ओर बढ़ीं, ये तो दो-तीन साँड़ हैं। उन्होंने सींगों से खुदी पर हमला कर दिया। उनके हमले से खुदी बेहोश हो गये थे। काफ़ी चोटें आयी थीं। सिर-पैर पर पट्टियाँ बाँधनी पड़ीं। उनके घायल होने की ख़बर गाँव में आग की तरह फैल गयी। लोग खुदी का हालचाल जानने के लिए उनके घर आने लगे। हालचाल पूछने वालों की भीड़ लग गयी।

"खुदी जी बाहर तो आइए।" पड़ोसन विमला जी आवाज़ दे रही थीं। पड़ोसी लोगों को शान्त रहने के लिए कह रहा था। लोगों की भीड़ धक्का-मुक्की कर रही थी। राशि ने घर के दरवाज़े पर ताला लगाकर सामने स्टूल रख दिये थे कि लोग घर में न आ सकें। बाहर चौधरी साहब अपने डण्डे से दरवाज़ा बार-बार पीट रहे थे।

खुदी पूरे दिन कमरे में बेहोश पड़े रहे। इसलिए दूसरे दिन वह धीरे-धीरे कमरे से बाहर आये बरामदे तक, उस समय घर की सभी औरतें रसोईघर में थीं। बच्चे स्कूल गये थे। पिता जी और चाचा जी ऊपर के कमरे में शतरंज खेल रहे थे। खुदी ने धीरे-से स्टूल हटाया और ताला अपनी जेब में रखी चाभी से खोल दिया। सब लोग शान्ति से बरामदे में एक-एक करके आने लगे तो खुदी ने मनगढ़न्त कहानी बना ली। क्योंकि अब वह एक साहसी आदमी के रूप में पहचाने जाते थे। सबको इशारे से चुप रहने को कहा, "रात को मकान में चोर घुस आये थे। बहुत डरा-धमका रहे थे। मेरी पत्नी राशि ने तो डरकर उन्हें अपने सभी गहने उतार कर दे दिये थे, लेकिन जब वह चोरों को तिजोरी की चाभी देने लगी तो मैंने अपने सिर पर कफ़न बाँध लिया। मेरे हाथ में तेल पिलाई लाठी थी और चोरों के हाथ में छुरे। मैंने दो चोरों की लाठी से पीटकर बुरी हालत कर दी थी। काफ़ी मार खायी उन्होंने। उन्होंने भी मुझ पर छुरे से हमला किया था, लेकिन मैंने उन्हें नाको चने चबवा दिये। सभी चोर डरकर भाग गये। ये सब छुरे से बचते-बचाते हुए घाव लगे हैं, जिन पर मैंने पट्टियाँ बाँधी है।" मिदनापुर निवासी तो खुदीराम बोस के प्रशंसक थे ही, चोरों से लड़ने के कारण उनके और प्रशंसक बन गये। उनकी बहादुरी के चर्चे दूर-दूर तक होने लगे।

"हाँ, तो मैंने उन चोरों को छठी का दूध याद दिलाया, इसलिए वे भाग गये।" खुदीराम ने दर्द से कराहते हुए कहा, "अब आप सब भी घर जाइए। मुझे आराम की ज़रूरत है। मैं आपसे ठीक होने पर मिलूँगा।" फिर वे लड़खड़ाते हुए अपने कमरे में दाख़िल हो गये और कमरा अन्दर से बन्द कर लिया। ज़िले के निवासी खुदीराम बोस की निडरता के क़ायल हो गये थे। एक-एक करके खुदी के घर से बाहर निकलने लगे। कुछ देर बाद राशि ने फिर से घर के दरवाज़े पर अन्दर से ताला लगाकर, स्टूल रख दिये। मिर्ज़ा ग़ालिब ने फ़रमाया है—

न था कुछ तो ख़ुदा था कुछ न होता तो ख़ुदा होता
डुबोया मुझको होने ने न होता मैं तो क्या होता।

माँ ने कहा था

पार्क में खेलते हुए मिनी बार-बार अपनी आँखें पोंछ रही थी। बाक़ी बच्चे कभी अपना पेट पकड़कर हँस रहे थे, कभी एक-दूसरे से तकरार कर रहे थे। चेतन ने मिनी से पूछा भी था कि, "तुम्हारी आँख में कोई तकलीफ़ हो रही है क्या?" लेकिन मिनी ने झट से दाँत बाहर निकाल दिये। मतलब था कि कुछ नहीं हुआ है।

"ऐ सोहन? ये गेंद तो फट गयी है, तुम अपनी नयी गेंद निकालो।" विनी ने सोहन से कहा तो सोहन ने इनकार कर दिया। सबसे कहने लगा था, "नहीं, अभी नहीं। जब हम जिस गेंद से खेल रहे हैं, वह खो जायेगी तब ही मैं नयी गेंद से खेलने दूँगा तुम सबको।" सोहन ने गेंद को अपनी लम्बी-सी जैकेट की जेब में छिपाकर रखा था। रंजन ने अपनी जैकेट के पॉकेट में से गेंद निकालकर दी तो फिर से उनका खेल शुरू हो गया।

सोहन चुपचाप अपनी गेंद लेकर चला गया, पार्क में खेल रहे बाक़ी बच्चे उसे देख रहे थे। सोहन जिस बिल्डिंग की सीढ़ियाँ चढ़ रहा था, उसी बिल्डिंग की चौथी मंज़िल पर मिनी रहती थी। उसका मन भी हुआ कि वह भी घर चली जाये लेकिन उसके घर में तो ताला लगा हुआ था। सभी बच्चे चार बजे से पार्क में खेल रहे थे। सात बजने को थे। लेकिन अभी भी मिनी की माँ घर नहीं लौटी थी। सभी बच्चे टाटा-बाय-बाय कहकर अपने-अपने घर चले गये। अनु ने मिनी से कहा भी था, "चल मिनी, मेरे साथ घर।"

मिनी ने उत्तर दिया, "नहीं! मैं नहीं आ सकती हूँ। मेरी माँ ने जाते वक़्त मुझे कहा था कि वह नानी की पट्टी कराकर हॉस्पिटल से आ जायेगी। मेरी माँ ने कहा था कि मेरा इन्तज़ार करना, किसी के घर मत जाना।" कुछ देर अनु ने उसका मुँह ताका और मुस्कुराकर बाय-बाय कहकर अपने घर चली गयी।

मिनी पार्क में ही लगे एक पेड़ के नीचे बैठ गयी। मच्छर काटने लगे तो पार्क से बाहर निकलकर बिल्डिंग के मेन गेट पर खड़ी हो गयी। आज का दिन गड़बड़

ही गड़बड़ का था। सुबह जब स्कूल पहुँची तब स्कूल में इंस्पेक्शन अर्थात् निरीक्षण करने के लिए एक टीम आयी थी। आधी छुट्टी तक तो स्कूल में शान्ति से अनुशासन और शिक्षा का स्तर, छात्रों की यूनिफ़ार्म, छात्रों के बस्ते, कॉपियाँ, किताबें, बैच और अध्यापकों की अध्यापन दक्षता को प्रमाणित करने का काम चलता रहा। जब निरीक्षण करने वाली टीम चली गयी, तब छोटे बच्चों की दो पीरियड पहले ही छुट्टी कर दी गयी थी। सभी नर्सरी और प्राइमरी सेक्शन के बच्चे एक पीरियड बाद ही स्कूल-बस से घर भेज दिये गये। दोपहर के बारह बजे थे, जब मिनी स्कूल की बस से घर लौटी थी। सारे घर में कोहराम मचा था। माँ घर में ही थी। माँ को ऑफ़िस से लौटकर घर आना पड़ा। नानी सीढ़ियों से उतर रही थीं, तो उन्हें चक्कर आ गया था और वे सीढ़ियों से गिर गयी थीं। सिर पर चोट लगी थी, ख़ून बह रहा था। नानी बिस्तर पर बेहोश पड़ी थी। बिल्डिंग के गार्ड ने मदद की और नानी को घर लाकर पलंग पर लिटाया था। गार्ड नीचे ऑटो लाने गया था। नानी के सिर पर दवा लगाकर पट्टी बाँधी गयी थी। कोहनी पर भी चोट लगी थी। वहाँ पर क्रीम लगा दी गयी थी। माँ ने अपनी और नानी की दो शॉल, दो स्वेटर, दो टोपियाँ और मोज़े भी रख लिये थे। पानी की बॉटल, दो पैकेट बिस्कुट और एक टिफ़िन में खाना रख लिया था। मिनी को भी दो रोटियाँ, सब्ज़ी के साथ रोल कर खिला दीं। माँ ने मिनी को सलवार-कुर्ता, स्वेटर, टोपी, मोज़े और जूते पहनाकर नीचे पार्क में बैठा दिया। माँ ने रचित को भी स्वेटर, टोपी और मोज़े पहनाये। वह नानी और रचित को ऑटो में बैठाकर अस्पताल ले गयी। उसने मिनी को समझाया कि, "मिनी, नानी की पट्टी करा के हॉस्पिटल से आ जाऊँगी, लेकिन तुम किसी के घर मत जाना। इन्तज़ार करोगी न मिनी, हमारे लौटने तक किसी के घर मत जाना।" बेचारी माँ क्या-क्या देखे? पिता जी ने दो वर्षों से विदेश में पोस्टिंग ली है। रचित की देखभाल करने के लिए ही नानी आयी हुई थी। माँ को भी अपने ऑफ़िस जाना होता था। माँ की बिजली विभाग में नौकरी थी। रचित भी दो वर्ष का हो गया था और मिनी सात वर्ष की। वह कक्षा दो की छात्रा थी। शहर कानपुर के अच्छे से विद्यालय में पढ़ती थी। पहले तो दो-तीन घण्टे मिनी यूँ ही बिल्डिंग के इर्द-गिर्द टहलती रही। पार्क में फूल चुनती रही। चार बजे उसके सभी साथी इकट्ठा हो गये और सात बजे तक मिनी उनके साथ खेलती रही। गेट पर ही गार्ड अंकल खड़े थे। उन्होंने मिनी से कहा कि बाहर ओस गिर रही है, कोहरा पड़ रहा है, अपने घर के पास जाकर बैठो। मिनी ने उनकी बात मानी और चौथी मंज़िल पर आकर अपने दरवाज़े से टिककर बैठ गयी। उसे बहुत रोना

आ रहा था, डर भी लग रहा था। अचानक सीढ़ियों पर किसी के चढ़ने की और बातें करने की आवाज़ें आयीं तो मिनी मुस्कुराते हुए सीढ़ी तक आ गयी, लेकिन ये दोनों आदमी बातें करते हुए पांचवीं मंज़िल पर चले गये। यह पाँच मंज़िला इमारत थी। बाक़ी की इमारतें तीन-तीन मंज़िला थीं। इस प्रकार कानपुर के इस क्षेत्र में लगातार नयी इमारतों का निर्माण किया जा रहा था। यह घर दो साल चार महीने पहले ही मिनी के माँ-बाप रत्ना और रवि त्रिवेदी को मिला था।

रचित के जन्म के तुरन्त बाद ही पिता जी नाइजीरिया चले गये थे। पिछले दो सालों से वापस ही नहीं आये मिलने भी। अभी भी उनका कार्यकाल और आठ महीने तक नाइजीरिया में ही रहेगा। माँ रत्ना त्रिवेदी ने कम्प्यूटर इंजीनियरिंग की पढ़ाई पूरी करने के बाद विद्युत विभाग में नौकरी पा ली थी। अभी डेढ़ वर्ष ही माँ को नौकरी पर जाते हुए बीते थे, लेकिन माँ बहुत थक चुकी थी। नानी से भी अब रचित नहीं सम्हलता था।

रचित अब बोलने लगा था, दौड़ने लगा था। रचित कभी-कभी रात में उठकर रोता था, तो घर के सभी लोग जाग जाते थे। कुल चार प्राणी थे घर में, लेकिन घर का काम ख़त्म ही नहीं होता था और माँ रत्ना त्रिवेदी को ऑफ़िस भी जाना पड़ता था। पिता का अभाव तो अब इस घर का स्वभाव हो गया था। पहले मिनी के नाना नहीं थे। अब मिनी के पिता घर में नहीं हैं। नये घर के प्रवेश में मिनी की नानी और मामा ही आये थे और दो साल से मिनी के पिता भी इस घर को लौटकर न आये। अगले वर्ष भी कोई उम्मीद नहीं थी उनके नाइजीरिया से भारत आने की। मिनी के नाना भी चार वर्ष की अपनी बेटी (मेरी माँ) और दो वर्ष के अपने बेटे (मेरे मामा) को इसी शहर के एक पुराने बँगले में छोड़कर एक साल के लिए अरब चले गये थे। आज से तीस वर्ष पहले की यात्रा थी और फिर कभी उस पुराने बँगले में नहीं लौटे। मिनी के मामा रवि को दिल्ली में एक अच्छी फ़र्म में कम्प्यूटर इंजीनियर की नौकरी लगी थी। दो साल पहले वे भी दिल्ली चले गये थे।

मिनी का एकबारगी मन किया कि साक्षी के घर की घण्टी बजाये, लेकिन साक्षी उससे एक कक्षा आगे की छात्रा है। इसलिए उसकी मित्र नहीं है। साक्षी कक्षा मॉनीटर है और हर कक्षा में अव्वल आती है। मिनी क्या करे, समझ नहीं पा रही थी। उसे लगा कि मम्मी को बहुत देर हो जायेगी घर लौटने में, सब कुछ ठीक नहीं है शायद। अभी भी नानी की तबीयत सही नहीं होगी, इसलिए मम्मी उन्हें और रचित को लेकर घर नहीं आयी। नानी की उसे चिन्ता होने लगी।

"सुबुक-सुबुक...मम्मी...सुबुक-सुबुक..." अचानक साक्षी ने दरवाज़ा खोलकर देखा और अपनी मम्मी को आवाज़ दी... "मम्मी, देखो मिनी रो रही है।" साक्षी पानी का गिलास ले आयी और मिनी को पानी पिलाया। साक्षी की मम्मी ने दुलार से मिनी को घर की बैठक में बैठाया, "तुम खाना खा लो हमारे साथ में मिनी।" मिनी ने दो क्षण साक्षी की मम्मी का चेहरा देखा, फिर कहा, "नहीं।" भोलेपन से गर्दन हिला दी। साक्षी की माँ ने उसके सिर पर हाथ फेरते हुए कहा, "ऐसा नहीं कहते। इससे अन्न देवता का अपमान होता है, मिनी!"

मिनी ने गरदन छुड़ा ली और घर के बाहर निकल गयी। "अरे नहीं! मिनी, इस तरह अकेले बाहर रात में नहीं रहते हैं।" साक्षी की मम्मी ने समझाया।

"नहीं मेरी माँ ने कहा था, किसी के घर नहीं जाना। वह नानी की पट्टी कराने के बाद आ जायेगी।" और मिनी सीढ़ी पर चुपचाप बैठ गयी। बाद में वह एक-एक कर सीढ़ी उतरते हुए ग्राउंड फ़्लोर की सीढ़ी पर बैठ गयी थी। रात के पौने दस बज रहे थे। उसे भूख लग रही थी। थकान हो रही थी। मिनी ने आँखें मूँद लीं। उसकी आँखों में एक सपना शुरू हो गया। पहले तो अँधेरा था, फिर एक सितारा चमकने लगा। वह ध्रुवतारा था। निगाहें दूर तक अपनी माँ को ढूँढ़ने लगीं। सभी तरफ़ फूलों के छोटे-छोटे पौधे थे उस पार्क में, जिसमें एक विशालकाय बरगद का पेड़ भी तनकर विराजमान था। एक ख़रगोश आया और भूमि पर इधर-उधर दौड़ने लगा। उसने एक अमरूद के पेड़ के चारों ओर चक्कर लगाना शुरू किया, जिससे एक अमरूद उसके सिर पर गिर गया। ख़रगोश ने उस अमरूद से गेंद की भाँति खेलना शुरू कर दिया। इसके साथ ही ख़रगोश ने बरगद के पेड़ से एक शाखा खींच ली और उससे क्रिकेट के बैट की तरह अमरूद को गेंद बनाकर खेलने लगा। इतना ही काफ़ी नहीं था। अब ख़रगोश को एक और खिलाड़ी एक शाखा लेकर अमरूद की गेंद से खेलने के लिए आवश्यक लगा। किन्तु उस समय वहाँ दूसरा कोई ख़रगोश नहीं था। इस कारण ख़रगोश दुखी हो गया। ख़रगोश रोने लगा। सभी पेड़ अमरूद, आम, अशोक, नीबू, मौसमी यहाँ तक कि बरगद के पेड़ ने भी उस ख़रगोश के अकेलेपन को समझते हुए अपनी पत्तियाँ हिलानी शुरू कर दीं। वे सभी वृक्ष हँसते हुए एक-सी ध्वनि निकाल रहे थे। सभी वृक्ष एक साथ अपनी शाखाओं पर लगी हरी पत्तियों द्वारा नृत्य की मुद्राएँ पेश कर रहे थे। ख़रगोश तो मुस्कुरा भी नहीं रहा था। किंचित् सिलवटें उसके रोयेंदार माथे पर पड़ीं। बरगद के पेड़ की शाखाएँ उनके सामने आयीं। धीमे-धीमे उन्होंने ख़रगोश को पकड़ लिया और उसे उठाकर बरगद

के पेड़ पर रख दिया। बरगद के पेड़ के शीर्ष स्थान पर ख़रगोश बैठा था। उस बरगद पर बहुत-सी चिड़िया और बहुत सारे कबूतर खेल और नाच रहे थे। ख़रगोश ने उन्हें देखा तो चिड़िया और कबूतर आसमान में उड़ने लगे। वे नीचे उतरे और बरगद के पेड़ पर पुन: बैठ गये। उस छोटे ख़रगोश के लिए यह एक दोस्ताना दृश्य था। अब नन्हा ख़रगोश स्वयं को अकेला नहीं समझ रहा था। उसने अपने मित्र पा लिये थे। नन्हा ख़रगोश बहुत प्रसन्न था। अपने मित्र पक्षियों को उड़ता, नाचता, गाता देखकर वह अपना अकेलापन भूल गया था। सभी पक्षी गा रहे थे।

चीं-चीं चूँ-चूँ गूटरगूँ, चीं-चीं चूँ-चूँ गुटरगूँ
कु कु हू कु हू कु हू
काँव-काँव-काँव-काँव-काँव
म्याऊँ-म्याऊँ-म्याऊँ-भौं-भौं-भौं

पशुओं की आवाज़ें भी शामिल हो गयी थीं।

हिन हिन हिन। हिन हिन हिना हूँ हूँ हूँ हूँ
गर्र गर्र गर्र शेर दहाड़ा

आँखें खुली तो रचित का खिलौना बोल रहा था। चूँ चूँ ची चीं-चूँ चूँ चींची।

माँ पीछे-पीछे नानी को सहारा देकर ला रही थी। रचित मिनी को देखकर हँसने लगा तो मिनी भी काँव-काँव, म्याऊँ-म्याऊँ, भौं-भौं और गर्र-गर्र आवाज़ें निकालकर रचित का मन बहलाने लगी। माँ ने कहा था दोपहर को घर पर ताला लगाते हुए कि वह नानी को पट्टी बँधवाकर आ जायेगी। मिनी किसी के घर मत जाना। देखो माँ आ गयी।

"देखो माँ आ गयी और नानी भी साथ में है।"

धीमे-धीमे रचित ने ख़ुश होकर कहा और नानी को लेकर मिनी अपनी माँ के साथ सीढ़ी चढ़ने लगी। रचित भी आगे-आगे सीढ़ी चढ़ने की कोशिश में था। पीछे-पीछे नानी को सहारा देते हुए मिनी और उसकी माँ रत्ना त्रिवेदी। "माँ, मैं तुम्हारा कितनी देर से इन्तज़ार कर रही थी। मैंने कुछ भी नहीं खाया, बहुत भूख लग रही है।"

रात के साढ़े दस बज रहे थे, माँ को घर जाकर कुछ बनाकर सबको खिलाना भी था।

"कितनी रात हो गयी। माँ तुमने बहुत देर कर दी आने में।" श्रीमती रत्ना त्रिवेदी भी एक आत्मविश्वासी महिला थीं।

"आ तो गयी न मैं मिनी, मैंने कहा था न कि मैं नानी की पट्टी कराकर आ जाऊँगी। देखो मैं आ गयी।"

"वही तो।" मिनी ख़ुशी से उछलने लगी और माँ ने घर का ताला खोल लिया। चारों प्राणी अपने घर में आराम कर रहे थे। माँ उठी, "चलो, तुम सबको गाजर का हलवा खिलाती हूँ फ्रिज में है, सुबह बनाया था मैंने सबके लिए।"

"माँ तुम जानती हो गाजर ख़रगोश को पसन्द है और गाजर का हलवा मिनी को पसन्द है।" चारों अपनी कटोरी में चम्मच से गाजर का हलवा खाने लगे।

दीपक

(एक)

मुम्बई एक महानगरी है, जहाँ हर किसी का सपना एक घर हासिल करने का होता है। यहाँ आने वाले नर-नारी काम की तलाश करते थकते नहीं हैं। वे रोज़ी-रोटी का जुगाड़ करते हैं, धन कमाते हैं, ऐश-आराम की ज़िन्दगी जीते हैं, तब उनकी आँखों में एक बसेरे का सपना भी पलने लगता है। एक दिन उनका घर बन जाता है। घर में एक आँगन होता है, आँगन में तुलसी वृन्दावन होता है। जिसमें एक दीपक जलता है, जो जीवन के अन्धकार पक्ष को नष्ट करता है। घर के बाहर कुछ अधिक दूरी पर एक समुन्दर नज़र आता है। उस समुन्दर में लहरें होती हैं। समुद्र की लहरों से ज्वार-भाटा आता है। इसी प्रकार ज़िन्दगी में भी उतार-चढ़ाव आते-जाते रहते हैं। कभी-कभी समुद्र में तूफ़ान आता है। तेज़ हवा बहती है। आँधी भी चलती है। ज़ोरदार बारिश होने पर तो घर का आँगन भी भयभीत हो जाता है। उस समय भी घर के आँगन में तुलसी वृन्दावन में आशा और आस्था से जलाया गया दीपक टिमटिमाता है। तूफ़ान से उसकी लड़ाई होती है। नेकी का पैग़ाम दीपक ही देता है।

दीपक मधुर-मधुर जलना सिखाता है। दीपक की लौ में लगन होती है। जीवन की लौ बुझने से पहले ही यह जगमगाता दीपक उजाला बनकर जीने को कहता है।

तुलसी का पावन वृन्दावन हो, कृष्ण-राधा का मधुबन हो।
मन्दिर, नदियाँ और तपोवन हो, जगमगाते दीपक-सा जीवन हो।

बीते कल में से कुछ नया ढूँढ़ना आसान नहीं है लेकिन आने वाले कल को कुछ नया बनाना मुश्किल नहीं है। दीपक और कादम्बिरी किसी परिचय के मुहताज नहीं हैं। मुम्बई शहर में रहते हुए इनकी भी एक कहानी बन गयी। एक ऐसी कहानी जिसके सभी पात्र पुराने हैं, लेकिन प्यार नया है। दीपक ने देखा कि बस स्टॉप पर

लोगों की लम्बी क़तार लगी है। आज का दिन देरी का दिन बन गया है। सुबह ऑफ़िस में जाने के रास्ते में गाड़ियों की लम्बी क़तार लगी थी। इसलिए देर से ऑफ़िस पहुँचा। सुबह ऑफिस में बड़े साहब से लम्बी डॉट सुनने के बाद घर में पत्नी से लम्बी नसीहत सुनने का मन नहीं था। घर लौटते समय रास्ते में कार ख़राब हो गयी। पहले तो दीपक ने उस कार को रिपेयरिंग के लिए गैराज में पहुँचाया, उसके बाद लम्बी क़तार में खड़ा होकर बस की राह देखने लगा। मुम्बई में बस तो डबल-डेकर चलती हैं, कितना मज़ा आता है। डबल-डेकर बस की ऊपरी मंज़िल में बैठकर शहर घूमने का सचमुच अपना मज़ा है। जब से शादी हुई है दहेज की कार में बैठकर ऑफ़िस आना-जाना किसी ट्रैफ़िक-मेन के काम से भी ज़्यादा उबाऊ लगता है।

"अरे कादम्बिरी, मेरा मतलब नीलेश की मौसी से था। यह मुम्बई कब आयी? मुझसे चार-पाँच साल बड़ी होगी। लेकिन..." दीपक से चार या पाँच साल बड़ी ही होगी, लेकिन अभी तक शादी नहीं की है तो क्या करेगी कादम्बिरी? बड़ी-सी मुम्बई की एक कम्पनी में मैनेजर है, इसलिए शादी करने के लिए वक़्त ही नहीं मिला होगा। फिर भी घर का नाम कद्दू है, ऑफ़िस में कादम्बिरी। ख़ूबसूरती की कोई चिन्ता नहीं, किसी गोल-मटोल कद्दू की तरह है कादम्बिरी। खाते-पीते घर की कमाऊ लड़की है। अब तो तीस-बत्तीस वर्ष की औरत है कादम्बिरी। कितना आराम रहता है औरतों को शादी करो तो भी, शादी न करो तो भी।"

दीपक को देखकर कादम्बिरी अचकचा गयी।

इन्हें नीलेश के घर पर ही देखा था। दीपक ने पूछा, "बस में कैसे?" तो वह सकपकायी।

"मेरी तो कार ख़राब हो गयी, इसलिए बस में हूँ।" आगे वह कुछ नहीं बोली। दीपक का अगला ही स्टॉप था जहाँ उसका घर था, उसने कादम्बिरी को घर चलने के लिए आग्रह किया तो वह बोली, "फिर कभी!"

दीपक बस से उतर गया, "परेश, नहीं विजय, नहीं मौसी, इसका नाम दीपक है।" नीलेश ने दीपक का परिचय दिया, फिर कादम्बिरी का परिचय दिया, "यह मेरी कादम्बिरी मौसी हैं।" दीपक ने हाथ जोड़ने की कोशिश की, लेकिन हाथ नीचे रखकर कादम्बिरी को देखकर मुस्कुरा दिया।

कादम्बिरी ने मेज़ पर चाय के कप और केतली में चाय लाकर रख दी, तो दीपक उसे एकटक देखता रहा।

उसने दीपक से कहा, "चाय पी लीजिए, ठण्डी हो रही है।" तो दीपक ने कहा, "मैं ठण्डी ही चाय पीता हूँ।"

समय बीतते देर नहीं लगती। दो वर्ष बाद भी दीपक ने कादम्बिरी को पहचान लिया। उसे देखकर दीपक ने राहत महसूस की।

(दो)

अन्त नहीं होता आवश्यकताओं का। सुबह दूध, चाय, अख़बार से लेकर रात को दूरदर्शन के समाचारों तक। ज़िन्दगी में कुछ बातों की तो आदत ही हो जाती है। इन बातों में चाय और कॉफ़ी से लेकर किसी अच्छे से ढाबे से तन्दूरी रोटी और मटर-पनीर मँगाकर खाना, कभी कोई मूवी देखने टॉकीज़ में जाना, समोसे खाना, कभी लांग ड्राइव पर जाना और तो और सुबह की सैर करना, व्यायाम-योग करना तथा स्पोर्ट्स देखना। क्रिकेट, कबड्डी, टेनिस, हॉकी तथा फ़ुटबॉल तो सभी के मनपसन्द खेल हैं। महीने भर की तारीख़ों के कैलेंडर में बीच-बीच में मन्दिर, त्योहार और मेले तो लगते ही रहते हैं। ग्रह-नक्षत्र अपना अस्तित्व हमारी जन्मकुण्डली में भी रखते हैं। आज पण्डित जी आये थे। माँ जी और बहू की हस्तरेखाओं को देखकर घर के चिराग़ की भविष्यवाणी करने की चेष्टा कर रहे थे कि बबीता रोने लगी।

माँ जी ने दीपक से कहा कि बबीता को बाहर घुमाने ले जाये। वैसे भी दीपक की बिटिया बबीता बहुत प्यारी है। अभी दो बरस की भी नहीं हुई है। पिता की तरह हर समय गम्भीर होकर बबीता की देखभाल करना उसे आता ही नहीं है।

"बहू के हाथ में तो पुत्र की रेखा ही नहीं है।" ये कहते हुए पण्डित जी चिन्तित हुए, "माता जी आप की हस्तरेखाएँ तो एक शक्तिशाली, स्वाभिमानी और साहसी पोते की सम्भावना बता रही हैं।" माता जी भी हँसने लगी।

मोनिका बहू उदास होकर पण्डित जी से प्रश्न करने लगी, "अब मुझे क्या करना होगा, पण्डित जी!"

दीपक ने बीच में ही टोका। "मेरी माँ जी हर सोमवार को शिव जी का व्रत रखती हैं और गणेश चतुर्थी से लेकर गणेश चतुर्दशी तक केवल मोदक का प्रसाद चढ़ाती हैं। तरह-तरह के मोदक बनाती हैं। चावल के, नारियल के, खोये के तथा चने की दाल के सुन्दर और स्वादिष्ट मोदक वे प्रसाद में चढ़ाती हैं। लेकिन स्त्रियाँ तो आजकल डायटिंग ही करती हैं, फिर ये सारे धार्मिक ढकोसले और अन्धविश्वास क्यों करेंगी? पुत्र की कामना करोगी तो पुत्र होगा।"

पण्डित जी भी हँसने लगे, "वही होगा जो रामजी चाहेंगे।"

होइहि सोई जो राम रचि राखा। को करि तर्क बढ़ावै साखा।।

मोनिका सुन्दर और सुशील कुलवधू थी, किन्तु नये ज़माने के साथ उसकी तस्वीर नयी नहीं बन पा रही थी।

मौक़े की नज़ाकत को समझने में दीपक ने ही जान-बूझकर देर कर दी थी। बबीता को गोद में उठाकर दीपक घर के बाहर रास्ते पर टहलने लगा। किसी ने हौले-से दीपक को छुआ और हौले-से प्रश्न किया..."यहाँ कैसे?" यह कादम्बिरी भी न एकदम बिन्दास है।

दीपक ने झेंपकर कहा, "वह सामने वाला घर मेरा है। यह मेरी बेटी बबीता है।" बबीता अपने छोटे से दाँत दिखाकर हँसने लगी तो कादम्बिरी ने उसकी ठोड़ी पर हाथ लगाकर कहा, "मैं कादम्बिरी मौसी हूँ।"

दीपक ने फिर आग्रह किया, "घर चलो।" कादम्बिरी मुस्कुरा दी, "फिर कभी।"

एक दिन रविवार को सुबह का नाश्ता कादम्बिरी और दीपक साथ-साथ कर रहे थे। मोनिका रसोईघर में चाय बना रही थी और सामने की कुर्सियों पर माँ जी व पिता जी बैठकर नाश्ता कर रहे थे। नाश्ते में पोहा और ढोकला तो थे ही, आपकी बर्फ़ी नाश्ते को स्वादिष्ट बना रही थी। कादम्बिरी की गोद में बबीता बैठी थी। सारा परिवार ख़ुश था।

(तीन)

कादम्बिरी की बहन मुम्बई में दस वर्ष से रह रही थी। वह भी अपनी बहन के यहाँ दो वर्ष पहले ही रहने आयी थी। यहीं मुम्बई में उसे एक बड़ी कम्पनी में मैनेजर की नौकरी मिल गयी। नीलेश और दीपक एक ही कॉलेज के विद्यार्थी रह चुके थे। अतएव उन दोनों के परिवार में अच्छे सम्बन्ध थे। दीपक ने उसे एक डायरी और पेन दी थी। डायरी पर लिखा था, 'रोज़ाना'...

दीपक ने कादम्बिरी को डायरी देते हुए कहा कि, "इस पर लिखा कीजिए 'रोज़ाना'।" उसी दिन कादम्बिरी ने डायरी में पहला पन्ना लिखा था।

रोज़ाना

इस सुन्दर और योग्य भेंट के लिए मैं दीपक को धन्यवाद कहना चाहती थी, लेकिन वह सीधे अपने घर के लिए निकल गया था, एक बार भी उसने मुझे पलटकर नहीं देखा।

दीपक बहुत सभ्य युवक है। दीपक की सभ्य जीवनशैली में आज कुछ नया भी जुड़ गया है। और वह मेरी डायरी 'रोज़ना' का प्रथम पृष्ठ।

रोज़ की बातें, रोज़ नया अहसास।
रोज़ ही करती हूँ, समय का शुकराना।
रोज़ बैठकर देखती थी सागर को अकेली,
अब सुनती हूँ किसी के क़दमों की आहट रोज़ाना।

–कादम्बिरी

आज उसके पिता जी का पत्र आया। लखनऊ में उसके छोटे भाई की शादी होनी है। इसलिए ऑफ़िस में आवेदन किया है। रेलगाड़ी में सीट आरक्षण कराकर रेलवे स्टेशन पर अपना सामान लेकर आ गयी। एक नन्हे-मुन्ने बच्चे ने आकर उसे दो गुलाब दिये। उँगली से सामने संकेत किया। सामने दीपक अपनी बेटी और पत्नी के साथ खड़ा था। दीपक ने कादम्बिरी को देखकर हाथ हिलाया तो कादम्बिरी मुस्कुरायी। उसे कुछ समझ में न आया।

रेलगाड़ी प्लेटफ़ार्म पर आ चुकी थी। कादम्बिरी भागकर रेल में चढ़ अपनी रिजर्व बर्थ पर जा बैठी।

पूरे सफ़र में दुबारा उसे दीपक नहीं मिला था। छोटे भाई की शादी हो गयी तो कादम्बिरी मुम्बई लौट आयी।

उसने दीपक को फ़ोन किया तो ज्ञात हुआ कि दीपक उस दिन मोनिका और बबीता को उनके मामा के घर छोड़ने के लिए ट्रेन से अहमदाबाद गया था। घर में सब पोता चाहते थे। इस कारण घर में अब पहले जैसी शान्ति नहीं रही। रोज़-रोज़ के ताने अब मोनिका को सहन नहीं होते थे, इसलिए अब मोनिका मुम्बई नहीं आना चाहती थी।

दीपक और मोनिका का आदर्श, परम्परागत और सफल वैवाहिक जीवन कुलदीपक की प्राप्ति न होने से तलाक़ तक जा पहुँचा।

तनावग्रस्त दीपक एक दिन कादम्बिरी से मिलने उसकी बहन के घर पहुँचा।

"मैं बबीता को अपने पास रखना चाहता हूँ।" यह कहते हुए उसका गला रुँध गया था।

कादम्बिरी रसोईघर में जाकर शरबत बनाकर ले आयी। शरबत पीते हुए दोनों सागर में डूबती हुई नाव देख रहे थे। लहरें अठखेलियाँ कर रही थीं। जीवन में उतार-चढ़ाव तो आते रहते हैं। दीपक अपना दु:ख कादम्बिरी को बताकर चला गया।

कादम्बिरी अभी भी सागर की गहराई और नित नूतन परछाईं को देखकर विचार कर रही थी कि किसी प्रकार दीपक के जीवन को भी नयापन मिले।

(चार)

"ये तो तलाक़ के काग़ज़ात हैं। मुझे तुमसे ऐसी ही नाउम्मीदी थी, मोनिका!" दीपक मोनिका पर बरसा।

"मेरे भइया और भाभी मुझे और बबीता को लेने आये हैं।" मोनिका ने बताया तो दीपक भी आवेश में आ गया।

"मैं बबीता को तुम्हारे साथ नहीं जाने दूँगा। वह मेरी लाड़ली बिटिया है।" उसकी पत्नी ने एक न मानी तो दीपक ने अदालत के चक्कर काटे। तब उसे उसकी बिटिया मिली।

ज़िन्दगी का बदसूरत-सा पक्ष दीपक देख चुका था। अब तो उसे शादी-ब्याह के नाम से चिढ़ होने लगती थी। यकायक उसकी निगाह मेज़ पर रखे एक विवाह के निमन्त्रण-पत्र पर पड़ी तो उसने पढ़कर देखा, "आयुष्मती कादम्बिरी का विवाह... किन्हीं नवीन साहब के साथ इस महीने की सत्ताईस तारीख़ को होना है।" बबीता उसका पैर पकड़कर खड़ी थी।

दीपक की नज़र बबीता पर पड़ते ही वह क्रोध से आग बबूला हो गया। कादम्बिरी ने दीपक से विवाह के लिए एक बार भी नहीं पूछा और सीधे विवाह में ही आमन्त्रित किया। चिढ़ होने लगी दीपक को अपने आप से।

कादम्बिरी में नायिका जैसा कुछ नहीं था। कद्दू की भाँति गोल-मटोल कादम्बिरी पर 'नाम बड़े और दर्शन छोटे' की कहावत चरितार्थ होती है।

दीपक किसी अप्रतिम नायक जैसा था और एकाकी ही था।

मोनिका उसे अक्सर ताने देती थी, "आपकी सारी-की-सारी रूप-रंगत तो जैसे आपकी माँ जी के हाथ में खिलौने की भाँति ही रहती है। वे जैसा मन चाहे वैसा आपको सजा देती हैं। कभी तो अपने से बन-ठन लिया कीजिए।"

आज उसके साथ मोनिका नहीं है, उसकी बातें दीपक को बकवास लगती हैं। कितने दिनों से कादम्बिरी से मुलाक़ात नहीं हुई। यह निमन्त्रण-पत्र भी नीलेश ने ही यहाँ रखा होगा।

कादम्बिरी समुन्दर के नीलेपन को अपनी आँखों में समेट रही थी। उसका विवाह तय हो गया था। दिल्ली के एक उद्योगपति नवीनचन्द्र के यहाँ रिश्ता तय

हुआ था। मुम्बई आकर बिन्दास कादम्बिरी घर-परिवार के संस्कार भूल गयी थी। नये सिरे से तैयारी की गयी। मुम्बई छोड़कर लखनऊ माता-पिता के घर लौटने का फ़ैसला किया। दीपक से कुछ भी कहने की हिम्मत नहीं जुटा पायी।

मुझे बुलाओ, मुझे बताओ
अब मुस्कुराओ, दीपक जलाओ।
जगमग-जगमग करता दीपक,
टिमटिमाता हुआ नन्हा-सा दीपक,
रोशन कर देता है नवजीवन,
ज्योत-से-ज्योत जगाता दीपक।
एक हो जाओ, विश्व जगाओ,
अब मुस्कुराओ, दीपक जलाओ।...

एक बोलने-चालने वाली गुड़िया लेकर, सुनहरे रंग की साड़ी और स्वर्ण आभूषण पहन सँवरकर कादम्बिरी बबीता से मिलने आयी। दीपक ने घर का दरवाज़ा खोला। सामने ही सोफ़े पर बिट्टी बैठी हुई थी। कादम्बिरी ने बबीता को गुड़िया दी। दीपक उसे ख़ामोशी से देख रहा था। वह घबरा रही थी।

"कब जा रही हो लखनऊ?" दीपक ने पूछा।

"परसों की ट्रेन है।" उसने जवाब दिया।

"मैं भी चलूँ।" दीपक ने धीरे से कहा।

उसने कादम्बिरी को सोफ़े पर बैठाया, "मुझे छोड़कर न जाओ।"

कादम्बिरी सकपका गयी। दीपक उसके सामने कुर्सी पर बैठ गया। कमरे में ख़ामोशी छा गयी।

दहेज, शैक्षणिक योग्यता, योग्य वर, सम्मानित ओहदा, ऊँचा घर-परिवार सब कुछ था, लेकिन गोल-मटोल होने से विवाह की बातों में सुने गये सारे ताने उसे याद आ रहे थे। कादम्बिरी ने अपना पर्स उठाया और चलने की कोशिश की तो दरवाज़े से नीलेश ने अन्दर आते हुए पूछा—

"मौसी क्या तुम दीपक से शादी करना पसन्द करोगी?"

कादम्बिरी की ज़ुबान लड़खड़ा गयी। वास्तव में वह इस समय सोचने-समझने की स्थिति में नहीं थी।

"अरे मौसी जी, इसमें सोच-विचार क्या करना? नवीन साहब ही इतने पसन्द आये कि तुम उनसे चट मँगनी और पट ब्याह करने के लिए राज़ी हो गयी।" नीलेश ने भी तपाक से कहा, तो कादम्बिरी ने हामी भरी।

"लेकिन लोगों ने मेरे बारे में एक बार भी नहीं सोचा।" दीपक उदास था।

"इसमें सोचना क्या, दीपक? नवीन साहब बयालीस वर्ष के हैं, प्रभावशाली उद्योगपति हैं, मौसी के लिए एक 'परफ़ेक्ट च्वॉइस' हैं।" नीलेश ने गर्व से बताया।

"अरे नहीं! दीपक जी 'परफ़ेक्ट च्वॉइस' तो आप हैं मेरी, लेकिन न तो मेरा रूप-रंग न तो मेरी क़द-काठी, मैं किसी कद्दू से कम नहीं लगती न।" वह खिलखिलाकर हँस पड़ी।

"यह मज़ाक़ करने का समय नहीं है।" दीपक ने टोका।

"देखो मौसी अब देर मत करो।" नीलेश मौसी को पकड़कर बाहर ले आया।

"ऐसा न हो आपकी ट्रेन प्लेटफ़ार्म से आगे निकल जाये।" दीपक मुस्कुराने लगा तो कादम्बिरी की आँखों में आँसू थे।

"मेरी दीदी ने ही रिश्ता पक्का कर दिया है। अब तो शादी करनी ही पड़ेगी।" दीपक रसोईघर से मिठाई का डिब्बा ले आया।

"तुमसे यही उम्मीद थी। लो मुँह मीठा कर लो।" उसने कादम्बिरी के गालों पर गिरते आँसुओं को हौले-से अपनी उँगलियों से पोंछकर उसे एक नारियल का मोदक खिला दिया।

कादम्बिरी ने भी छेड़ते हुए पूछा, "बरफ़ी नहीं थी क्या नारियल की?" दीपक चुपचाप अपने घर के अन्दर चला गया।

"मौसी अब घर चलते हैं।" नीलेश ने कहा।

कादम्बिरी बार-बार पीछे मुड़कर देख रही थी। दीपक और दीपक का घर पीछे छूट गया था।

दीदी के घर से रेलवे स्टेशन फिर लखनऊ तक अपनी माँ के घर तक का लम्बा सफ़र तय करने के बाद उसने अपने साथ लाये सामान पर एक नज़र डाली तो सामने डायरी थी। उसने डायरी में लिखना शुरू किया।

रोज़ाना...

"रोज़ाना कुछ क़दम चलने की ज़रूरत थी। इस कारण हमारे दरमियान कुछ भी शेष न रह गया। रोज़ाना लिखने की चाहत में जैसे काग़ज़ पर लिखी पंक्तियों के बीच भी जगह शेष नहीं रहती है।

अब कहाँ लिखूँ दीपक को धन्यवाद, एक बहाना ही तो है मिला मुझे, इस बार तुम्हें अलविदा कहने का।"

कादम्बिरी...

(पाँच)

ख़ामोशियाँ अब तो अहसास में भी आकर बस गयी थीं तो दीपक से रहा नहीं गया। उसने चाहा कि आज तो बस के लिए लम्बी क़तार में खड़े होकर धक्के खाऊँगा। देरी से आफ़िस पहुँचने पर बड़े साहब की लम्बी डाँट सुनूँगा।

शाम को सागर किनारे जाकर लहरों की छलकती आवाज़ें सुनूँगा। कितना समय हो गया बबीता रो रही है, उसे रोने दो, आज उसे चुप नहीं कराऊँगा। आज नहीं, कल भी नहीं, परसों तो कदापि नहीं, ख़ामोशी को बिखरने दूँगा। अपने जीवन में आयी ख़ामोशी को दूर कर डालूँगा। कितना अजीब अहसास है। शान्ति से माँ जी के हाथ का बना हुआ खाना खाते हुए, "बस रहने दीजिए माँ जी। भूख नहीं है आज।" कहकर वह घर से बाहर निकल आया। रात हो गयी थी। उसने एक बार भी कादम्बिरी के बारे में नहीं सोचा, न ही उसे याद किया लेकिन कादम्बिरी दीपक को याद भी करती थी और उसके लिए नयी सोच भी रखती थी। दीपक की कार एक शानदार होटल के सामने रुक गयी। पार्किंग में कार खड़ी कर दी। उसने खचाखच भरे हुए होटल में छोला-भटूरा और गुलाब-जामुन खाये। बाहर आकर भीड़-भाड़ वाले रास्ते पर कार चलाते हुए घर की तरफ़ निकला। कार की खिड़कियाँ खुली थीं, पीछे डबल-डेकर बस का हॉर्न सुनाई दे रहा था, लेकिन आगे बड़ी-सी एक वैन जा रही थी। दीपक भी हॉर्न बजा रहा था, लेकिन वैन रुक गयी और तभी डबल-डेकर बस से उसकी कार को धक्का लगा, कार आगे खड़ी वैन से टकरा गयी। दुर्घटना हो गयी, लेकिन दीपक नहीं घबराया। उसके सिर पर चोट लग गयी थी, ख़ून बह रहा था और पाँव सीट के बीच फँस गये थे। ख़ूब शोर-शराबा हुआ। किसी तरह उसे पास के हॉस्पिटल में ले जाकर लोगों ने एडमिट कराया। उसे बेहोशी की अवस्था में सिर पर टाँके लगे। पैर में प्लास्टर लगा था। सर और हाथ में पट्टियाँ बँधी थीं। जब आँखें खुलीं तो पास ही कुर्सियों पर माँ जी और नीलेश बतिया रहे थे। डॉक्टर ने उसे घर जाने के लिए कह दिया। घर आकर नीलेश ने उसे बिस्तर पर लिटाया और पूछा, "कैसा महसूस कर रहे हो, दीपक?"

"ठीक ही हूँ...दर्द हो रहा है बहुत।" दीपक ने दर्द से कराहते हुए कहा।

"मौसी को वापस बुला लें।"

"क्यों?"

"क्योंकि तुम उसकी परफ़ेक्ट च्वॉइस हो।" माँ ने दीपक के बालों को ठीक करते हुए कहा।

"बेटा तुम ठीक हो जाओ तो हम सब लखनऊ चलेंगे।" कभी नहीं सोचा था कि माँ जी कादम्बिरी के लिए राज़ी हो जायेंगी।

"अब बारात ही लेकर लखनऊ आना।" नीलेश के माता-पिता हाथों में फलों की टोकरी लेकर खड़े थे।

सब कुछ कितना अच्छा और नया था दीपक और कादम्बिरी की कहानी में। दीपक दूल्हा बना और सेहरा पहनकर घोड़ी पर चढ़ा। कादम्बिरी लाल और सुनहरे रंग के जोड़े में दुल्हन बनी। शहनाई गूँज उठी। सितारे जगमगाने लगे। वरमाला हुई। सात फेरे लिये और सातों वचन निभाये। बारह साल हो गये हैं दीपक संग कादम्बिरी के विवाह को। जीवन आज भी कुछ नयापन लेकर इतराता है। बबीता और सागर अब बड़े हो गये थे। माँ जी और पिता जी पण्डित जी की भविष्यवाणी के अनुसार एक शक्तिशाली, स्वाभिमानी और साहसी पोते की प्राप्ति से प्रसन्न थे। घर की दीवारें मुस्कुराती हैं। घर के आँगन में तुलसी वृन्दावन में एक दीपक जला है जो अन्धकार को दूर भगा रहा है। घर के बाहर उपवन में एक पौधा प्रेम से लगाया है, जिसमें रोज़ पानी देने का झंझट रहता है। रोज़ाना नया स्वादिष्ट लाजवाब भोजन प्यार से परोसने की तैयारी में घर का रसोईघर सजा रहता है। इसे ही विवाह कहते हैं। विवादों के परे कुछ शानदार लम्हे हमें याद रहते हैं और हर पल कुछ नया कहते हैं।

आशियाना

सड़क के दोनों किनारों पर लगी स्ट्रीट लाइट से इन्दौर शहर रात के समय में भी चमक रहा था। इन्दौर मध्य प्रदेश का एक बेहतरीन शहर है। इन्दौर नगर को भारतवर्ष का सर्वाधिक स्वच्छ नगर घोषित किया गया है। देश में स्वच्छता अभियान से लोगों में स्वच्छता के प्रति जागरूकता उत्पन्न की जा रही है। सरकार के प्रयासों से स्वच्छ भारत को लेकर हर तरह के प्रयत्न किये जा रहे हैं एवं सावधानियाँ बरती जा रही हैं। इन्दौरवासियों ने तो सर्वाधिक प्रशंसनीय कार्य किया है। इस नगर में जीवन में स्वच्छता का महत्त्व प्रतिपादित किया गया और इन्दौरवासियों ने स्वच्छ भारत अभियान में अपना शत-प्रतिशत योगदान दिया है। चमकती कजरारी अँधेरी रात में एक कार की दोनों लाइटें नगर की सड़क पर आगे बढ़ रही हैं। दिवाकर सड़क की काली सूरत पर पड़ती सफ़ेद स्ट्रीट लाइट की रोशनी को अचम्भित होकर देख रहे हैं। दिवाकर एक घण्टे से पीले रंग से सुसज्जित घर के बाहर गेट पर खड़े हैं और अब उत्सुकता से वह सामने से आती कार की रोशनी को देख रहे हैं। कार सामने आकर रुक गयी, दिवाकर की आँखों में चमक है।

घर के हरे गेट पर दोनों तरफ़ पीले रंग के बल्ब जगमगा रहे हैं। दिवाकर ने पीले रंग का चिकनकारी किया हुआ कुर्ता और पायजामा पहना है। कार में से पाँच फ़ुट और ग्यारह इंच का गोरा, छबीला युवक मुस्कुराते हुए बाहर निकला, उसने दिवाकर के पैर छुए।

"आप कैसे हैं, पापा? अच्छे लग रहे हैं, बड़े अच्छे लगते ही हैं।" दिवाकर ने निहार को गले से लगा लिया और फूट-फूटकर रोने लगा।

"देखिए पापा, थोड़ा शान्त हो जाइए। अब हम आपके साथ रहने आ गये हैं। आप चाहते हैं न कि हम सब एक साथ एक आशियाना बनायें।"

निहार ने पापा को धीरज बँधाया। अहिल्या अपने नन्हे सुपुत्र अनिक को साथ लेकर आयी। दोनों ने दिवाकर के पैर छुए।

दिवाकर ने आशीर्वाद दिया, "तुम सब बहुत ख़ुश रहो।" नन्हे अनिक का हाथ हौले-से पकड़कर दिवाकर गेट से अन्दर चलने लगे। उन्होंने पीछे पलटकर देखा, "निहार, अपनी कार गैरेज में लगा दो और बहू मेरे पीछे अपना बैग लेकर आओ।"

अहिल्या अपना ट्रॉली बैग खींचते हुए दिवाकर के पीछे चलने लगी।

घर के ऊपर चमकता हुआ नाम लिखवाया है–'आशियाना'। घर का प्रवेशद्वार बेहतरीन काष्ठ कला का नमूना है। मोटा भी है और ऊँचा भी, यह प्रवेशद्वार देखकर कुतूहल जागा कि घर का प्रवेशद्वार ही इतनी सुरुचिपूर्ण कला द्वारा सज्जित है, तो अन्दर घर का वास्तु और भी सुव्यवस्थित होगा। बैठक में हल्की रोशनी थी और दो कुर्सियाँ व एक मेज़ रखी थी। मेज़ पर पानी का जग और दो गिलास रखे थे।

"बैठो।" दिवाकर ने अहिल्या से कहा। अहिल्या ट्रॉली बैग अपने पास रखकर कुर्सी पर बैठ गयी। दिवाकर ने अनिक को दूसरी कुर्सी पर दुलार से बैठाया। पुन: प्रवेशद्वार पर खड़े होकर बाहर देखने लगे। दीपिका के निधन के पश्चात् दिवाकर इसी तरह निहार का मनपसन्द भोजन बनाकर घर के दरवाज़े पर खड़े होकर उसका इन्तज़ार करते थे। निहार के लिए ही तो जी रहे हैं दिवाकर पापा!

"पापा सुनिए तो, थोड़ा शान्त हो जाइए। कुछ दिन में मेरे इम्तहान हो जायेंगे। हम इन छुट्टियों को एक साथ अपने घर में बितायेंगे।" इंजीनियरिंग की पढ़ाई पूरी होने पर उसने कहा था, "पापा मेरे बड़े अच्छे पापा हैं! अब आपका बेटा बड़े अच्छे मार्क्स लाकर इंजीनियर हो गया है। आपने वादा किया था पापा, जब मैं इंजीनियर बन जाऊँगा तब आप मेरे लिए मोटरसाइकिल ख़रीदेंगे।" दिवाकर ने हामी भरी।

निहार मुम्बई में नौकरी करने निकला तो उसने कहा, "पापा, आपको भी ख़ुशी होगी यह जानकार कि कैम्पस इंटरव्यू से मेरा मुम्बई की एक कम्पनी में चयन हो गया, 25 लाख रुपये का वार्षिक पैकेज है। आपको लेने आ रहा हूँ, मुम्बई चलेंगे।"

दिवाकर ने निहार का मुम्बई में अच्छी तरह एक घर में रहने का इन्तज़ाम कर दिया और एक मोटरसाइकिल भी ख़रीद दी।

दो वर्ष पश्चात् उसने कहा, "पापा दि ग्रेट, मैंने आपके लिए बहू पसन्द कर ली है। उनका नाम अहिल्या है, मेरे साथ ही आई.आई.टी. मद्रास में पढ़ती थी। इंजीनियर हो गयी हैं। उनका पूरा परिवार ही मुम्बई में रहता है।" दिवाकर की ख़ुशी का ठिकाना न रहा, "सुनिए पापा, हमारी शादी तो आप मुम्बई आकर ही करायेंगे। दो सप्ताह बाद तैयार रहिए, मैं आपको लेने आ रहा हूँ।" निहार की छोटी ज़रूरत हो या बड़ी दिवाकर उसे पूरी करने की कोशिश करते रहते हैं।

निहार ने अपनी आलीशान कार घर के पास बने गैरेज में खड़ी कर दी। अपने ट्रॉली बैग और एक शोल्डर बैग लेकर प्रवेशद्वार पर आकर खड़ा है। अपने सामने लाडले निहार को देखकर दिवाकर ने अपने माथे से पसीना पोंछा। उसको एकटक हैरत से देख रहे हैं।

"मैं नया सपना देख रहा हूँ, निहार।" दिवाकर और निहार दोनों हँसने लगे।

"पापा, आपसे एक बात कहनी है।" निहार ने संकोच से कहा।

"हम अब एक परिवार के चार सदस्य हैं–मैं, आप, अहिल्या और अनिक। इसलिए इस बार मैं हमारे लिए नया 'आशियाना' बनाने के शुभ अवसर पर यह आलीशान कार भेंट स्वरूप लाया हूँ।"

दिवाकर गर्व से कहने लगे, "देख रही हो बहू, कितना समझदार है मेरा बेटा।"

अहिल्या ने भी मुस्कुराकर कहा, "मेरा बेटा अनिक भी बहुत समझदार है। अपने दादा जी के लिए वह भी उपहार में एक घड़ी लाया है।" अनिक ने अपनी जेब से एक सुन्दर-सी घड़ी निकालकर अपने दादा जी के हाथ में बाँध दी।

"धन्यवाद अनिक, धन्यवाद बहू! बेहद अच्छी लग रही है यह घड़ी, महँगी होगी।" दिवाकर ने घड़ी को ग़ौर से देखा।

"हाँ दादा जी, आपको पसन्द आयी न।"

"हाँ अनिक!" अनिक और अहिल्या बैठक में रखी कुर्सियों पर बैठ कर गिलास में जग से पानी भरकर पीने लगे। दिवाकर के पीछे निहार एक कमरे में पहुँचा जिसमें पीली रोशनी मद्धिम है। कमरे में पीले रंग की पुताई है। कमरे में डबल बेड पर हरी चादर बिछाई गयी है, खिड़की पर गुलाब के फूल बने हुए परदे लगे हैं। डबलबेड से एक मेज़ सटा है, उस पर एक टेबल लैम्प रखा है।

"तुम्हारा कमरा है यह, बहुत दिन से मुझे तुमसे बातें करने का मन हो रहा है।"

"बोलिए पापा।" निहार उत्सुक है। पापा गम्भीर मुद्रा में ही रहे, "हमें 'आशियाना' में गृहप्रवेश की एक पार्टी रखनी होगी, जिसमें परिवारजनों, मित्रों और इन्दौर के निवासियों को अपने नये घर में आने का निमन्त्रण देना होगा।"

आशियाना दुनिया से अच्छा, आशियाना बुलन्दी से सच्चा,
आशियाना का हर कोना सलोना, मुझसे अक्सर बतियाता रहता है।
एक नन्हा-सा अपना-सा बेटा, हौले-हौले छूकर मेरे मन को,
काली-काली चकित आँखों से, मेरे चेहरे को निहारता है।

"जब मेरी बहू अहिल्या आयी तो मैंने इन्दौर में पोस्टिंग ली। यहाँ देवी अहिल्याबाई होलकर का शासन था। यह एक नेकदिल और साफ़-सुथरा शहर है। यहाँ सात वर्ष में यह 'आशियाना' बना है।"

दिवाकर की बात अभी ख़त्म नहीं हुई, "आज से साढ़े-सात वर्ष पहले जब मैं इन्दौर आया था, यहाँ मेरा हार्दिक स्वागत हुआ। तभी मैंने यहाँ प्लॉट ख़रीद लिया। दो वर्ष पहले रिटायरमेंट के समय भी नगरवासियों ने मेरा पूरा-पूरा ख़याल रखा। मैं चाहता हूँ कि वे सब तुमसे मिलकर प्रसन्न हों। हम धूमधाम से 'आशियाना' में गृहप्रवेश करें।"

"ये हुई न कोई बात, पापा! आपको पार्टी बहुत अच्छी लगती है न। मैं भी आपके साथ बचपन की पार्टियाँ भूला नहीं हूँ।" निहार के मन में लड्डू फूट रहे हैं।

"अच्छे पापा, बहुत भूख लग रही है। आपने बेसन के लड्डू और श्रीखण्ड तो बनाया ही होगा भोजन में।"

दिवाकर ने निहार को मनाते हुए कहा, "अच्छे बेटे, मैं अभी सब के लिए डायनिंग टेबल पर खाना परोसता हूँ।"

"पापा, आपको याद है न, अनिक के नामकरण के दिन हमने श्रीखंड और बूँदी के लड्डू बनवाये थे।" निहार ने कहा।

"मुम्बई में तीसरी बार आया था। महानगरी मुम्बई की पार्टियाँ लाजवाब थी।" कहते हुए दिवाकर कमरे से बाहर जाते हुए निहार को पलटकर देखने लगे।

"तुम अपना कमरा भली-भाँति देख लो। मैं आवाज़ दूँगा तब भोजन के लिए आना।" मुस्कुराते हुए रसोईघर में चले गये।

एक हल्का-सा सुमधुर पंख पंछी का,
उड़ता हुआ आ गिरा मेरे कन्धे पर,
नरम-नरम अहसास हुआ उस क्षण,
वो मेरे ज़ख़्मों को सहलाता है।

मेरी माँ का अनमोल अनुभव,
पल-पल मेरे नैनों की ज्योति,
उज्ज्वल करता दिया-बाती कर,
दोनों हाथों से ढँकता रहता है।

निहार ने कमरे की दीवारें, पर्दे, चादर और पास रखी मेज़ पर लैम्प को कुछ ग़ौर से देखा। उसने टेबल लैम्प को ऑन कर दिया, मेज़ पर टेबल लैम्प की रोशनी

पड़ने से ही वह जगमगा उठा। उस पर उसकी मम्मी दीपिका की एक प्यारी-सी तस्वीर रखी है, जिसका फ्रेम भी लैम्प की रोशनी में झिलमिला रहा है। छोटा-सा मिठाई का एक डिब्बा, छोटी-सी सफ़ेद एक चिट्‌ठी और उसके ऊपर एक पीला गुलाब!

निहार को मम्मी की हँसी, शोखी और गम्भीरता से लिखी हुई चिट्‌ठियाँ छोटे से सफ़ेद एक काग़ज़ पर याद आने लगीं। कितना अविश्वसनीय है सब कुछ इस समय, कितना समय बीत चुका है मम्मी के दिये पीले गुलाब के बिना, उसने पीला गुलाब उठाया और चिट्‌ठी को पढ़ना आरम्भ किया।

"प्रिय बेटा निहार

हमारा 'आशियाना' बनकर तैयार हो गया है। इसे मज़बूती हमारे सपने, हमारा विश्वास, हमारा एक-दूसरे के प्रति प्यार और आभार प्रदान करेगा। इन्दौर की स्पेशल चमचम से सबका मुँह मीठा कराओ। और हाँ निहार, हमारे घर के पास बग़ीचे में कुछ गुलाब के पौधे लगे हैं, उन्हीं में से एक पौधे से लिया है तुम्हारे लिये यह पीला गुलाब!"

निहार ख़ुशी से झूमने लगा। उसकी काली-काली आँखों में मम्मी को याद करने से दो आँसू आ गये थे।

"पापा...ओ...अच्छे पापा...धन्यवाद पापा...हमारा आशियाना...और यह पीला गुलाब!" पापा दिवाकर दरवाज़े पर खड़े मुस्कुरा रहे थे।

मेरा 'आशियाना' सत्यमित्र होता,
ज़िन्दगी की कसौटी पर सहेजता मुझे
और मेरे सुन्दर सपनों को सँजोता,
धरती पर खड़ा होकर आसमान निहारता है।

निहार ने कहा, "आशियाना, मेरा 'आशियाना', बरसों तक साँसों तक, मधुमासों में, दिन में और रात में, सुख-दुःख, ग्रीष्म-शीत और सावन की बरसातों में समेट लेता है परिवार 'आशियाना', यह मेरा आशियाना।"

लिलि का पुष्प

(एक)

वसन्त ऋतु का आगमन हुआ। गाँव के खेतों में पीली-पीली सरसों फूल रही है। फ़सलें और पेड़ों की डालियाँ वसन्त की बयार से झूल रही हैं। बूढे काका अपने पैतृक निवास में लिलि का इन्तज़ार कर रहे हैं। गाँव में खेती लायक उनकी ज़मीन थी, लेकिन वृद्धावस्था के कारण उन्होंने मकान के आसपास की उस धरती के काफ़ी हिस्से में सब्ज़ियाँ उगायी थीं, उसी धरती के एक तिहाई हिस्से में लिलि के फूलों से वसन्त ऋतु का शृंगार करने वाली लड़की को ग्रामीण 'लिलि' कहते हैं। गुलाब-चमेली, गेंदा, शेवन्ती और लिलि के फूलों से हीरामन गुलदस्ते बनाता और लिलि को अपने साथ लखनऊ शहर ले जाता। लखनऊ शहर की दुकान, रेस्टोरेंट, मैरीज हॉल में लिलि के फूलों के गुलदस्ते ख़रीदे जाते हैं। लिलि की आयु सत्रह बरस और सात महीने हो गयी है। वृद्ध हीरामन ने अब अपनी लड़की लिलि को अकेले ही ग्रामीणों के साथ गुलदस्ते देकर शहर भेजना आरम्भ किया। पहले भी दो बार अपनी सहेली सुलभा और उसके किसान पति रोशन के साथ लखनऊ शहर में जाकर फूलों के रंगीन और प्रशंसनीय गुलदस्ते बेच आयी थी। आज सुलभा और रोशन तो वापस आ गये थे लेकिन लिलि का कहीं अता-पता नहीं है! हीरामन ने अपने साथ काम करने वाले एक छोटे लड़के से कहा कि सुलभा के घर जाकर कहना कि हीरामन काका बुला रहे हैं। वह लड़का सुलभा को काका का कहा हुआ बताकर अपने घर भाग गया। सुलभा हीरामन काका से मिलने आयी।

"कैसे हो, काका? मैं तो यह बताने आयी हूँ कि लिलि ने आज 'उपवन' नामक एक रेस्टोरेंट में गुलदस्ते दिये तो मालिक ने उसे अपने सारे फूलों से रेस्टोरेंट सजाने को कहा। उस मालिक ने लिलि को चाय और कॉफ़ी बनाने को भी कहा। तब सुबह के आठ बज रहे थे, यहाँ से हम सुबह छह बजे निकले थे। हमने उस रेस्टोरेंट के

मालिक से कहा भी कि हम केवल फूल बेचते हैं, तब भी वह नहीं माना। उसने कहा कि लिलि मेरे रेस्टोरेंट में चाय-कॉफ़ी तो बना ही सकती है, रोज़ काम पर आये और अपने साथ लिलि के फूल लाये। लिलि रात के आठ बजे तक लौट आयेगी। दो सौ रुपये फूलों के और दो सौ रुपये रेस्टोरेंट में चाय-कॉफी बनाने के लिए। इसी तरह दूसरे कुछ और कामों के लिए भी रुपये मिलेंगे। यानी कुल मिलाकर पूरे बारह हज़ार रुपये महीने भर के लिए देने को तैयार है।" सुलभा ने आज के दिन का सविस्तार विवरण हीरामन काका को सुनाया।

"आपके लिए काका, मैं कुछ खाने को बना देती हूँ।" सुलभा झटपट रसोई में जाकर सूजी ढूँढ़ने लगी।

"चाय भी बनाकर लाना।" काका ने सुलभा से कहा।

"हाँ काका, चाय भी बना देती हूँ और गर्मागर्म उपमा भी बनाकर खिलाती हूँ।" सुलभा ने मुस्कुराकर कहा।

"थोड़ा चावल मेरे लिए और लिलि के लिए भी हाँड़ी में चढ़ा देना। बिन माँ की बच्ची थक जायेगी, इतना काम करेगी तो।"

"हाँ काका, बस एक घण्टे बाद आपकी लिलि घर आ जायेगी।"

"अभी सात बजे हैं।" चिन्तित होकर हीरामन ने पूछा।

"आप चिन्ता न करिए। आ जायेगी आपकी लिलि।"

चाय पीते-पीते काका लिलि का इन्तज़ार करने लगे। उपमा भी खाने लगे। सुलभा ने चूल्हे पर हाँड़ी में चावल चढ़ा दिया।

"चावल के बर्तन में भात को चम्मच से चला दीजिए।" यह कहकर सुलभा मकान का दरवाज़ा खुला ही छोड़कर चली गयी। काका अपनी जगह पर बैठे उपमा खा रहे थे। एक अपरिचित व्यक्ति दरवाज़े पर आकर खड़ा हो गया।

"मैंने आपको पहचाना नहीं।" काका ने आँखों पर लगा चश्मा ठीक करते हुए कहा।

"मैं सुमित, 'उपवन' रेस्टोरेंट का मालिक हूँ।"

"लिलि के साथ आये हैं आप।" काका ने पूछा तो सुमित बाबू ने आगे बढ़कर कहा।

"आपसे इजाजत लेनी है, लिलि मेरे साथ रेस्टोरेंट में काम करेगी तो मैं उसे पूरे बारह हज़ार रुपये महीने के दूँगा। आधे फूलों के लिए आधे काम के लिए।"

"लिलि खाना भी स्वादिष्ट बनाती है।" काका ने हँसते हुए बताया, "पूरे बीस हज़ार रुपये तय कर दो।"

"ठीक है काका, ज़रूरत हुई तो खाना भी बनवा लेंगे आपकी लड़की से। अभी आप चार हज़ार रुपये पेशगी रख लें। कल सुबह से शाम तक लिलि उपवन रेस्टोरेंट में रहेगी। लिलि पुष्प लेकर आना, कल सुबह 'उपवन' रेस्टोरेंट लखनऊ में याद रहेगा न।"

"हाँ!" लिलि ने सहमति दी। सुमित बाबू आश्वस्त होकर अपनी कार में बैठकर लखनऊ वापस चले गये।

(दो)

लिलि का पुष्प लिलिएस कुल का जीनस है, जिसकी सौ स्पीशीजा हैं। इसके पौधे कठोर, अर्द्ध कठोर या कन्दीय शाक होते हैं। लिलि का कीपाकार फूल अपनी सुन्दरता, सुगन्ध एवं आकृति के कारण विख्यात है। लिलि के पुष्प की पँखुड़ियों में अन्दर की ओर पीली अथवा श्वेत आभा रहती है। बाहर की ओर भूरी या गुलाबी वर्ण रेखाएँ रहती हैं। लिलि के पौधे में तना लगभग पाँच फ़ुट ऊँचाई का होता है। लिलि के फूल के रस को नेक्टर कहते हैं। प्रत्येक पुष्प में छह पँखुड़ियाँ होती हैं जिनमें रस पाया जाता है। इसकी गहरी, हरी, लम्बी व रसदार पत्तियाँ होती हैं जिनसे कई कीड़े-पतंगे आकर्षित होते हैं। लिलि के पौधे में अन्तस्थ फूल या अन्तस्थ फूलों का गुच्छा लगता है। यह वंश उत्तरी शीतोष्ण क्षेत्र का देशज है। यह दक्षिण-पूर्वी एशिया और अमेरिका का मल निवासी है। ये सबसे ज़्यादा वसन्त ऋतु में ही खिलते हैं। लिलि के पौधे का जीवनकाल लगभग पाँच साल रहता है। दुनिया के सभी हिस्सों में यह पौधा उगाया जाता है।

एक दिन की बात है। लिलि अपनी बगिया से लाये फूलों को उपवन रेस्टोरेंट में सजा रही है। सुमित बाबू उधर से गुज़रे और लिलि से कहने लगे, "वाह-वाह! लिलि तो कमाल की लग रही है।"

लिलि ने हाथ में लिलि का पुष्प लिये हुए मुड़कर सुमित को देखा, सुमित बाबू की आँखों में उसके लिए प्रशंसा के भाव थे।

"मैंने एक कविता लिखी है, 'लिलि का पुष्प', सुनोगी?" सुमित ने विनम्रता से पूछा तो लिलि मना नहीं कर सकी।

लिलि का पुष्प सुरम्य-सा
उपवन को चमकते रंगों से सजा देता है।
लिलि का पुष्प खिला-खिला
सहृदय मुस्कुराता-सा मिला, मज़ा देता है।
लिलि का पुष्प चिर-परिचित
सुवासित, सुगन्धित अप्सरा-सी काया देता है।
लिलि का पुष्प चंचल बाला
चहकता-महकता बसन्ती धूप में छाया देता है।

लिलि खिले-खिले हल्के गुलाबी परिधान में केशों की ज्योति से सुमित बाबू के नैनों में उजाला कर रही है। लिलि के गुलाबी होंठों की पँखुड़ियाँ पल्लवित हो गयीं, उसने कविता सुनने के बाद नेत्रों की नीलिमा को पलकों की ओट के भीतर ही समेटते हुए सुमित से कहा।

"आगे कहिए। बहुत कोमल अहसास कह रही है आपकी कविता 'लिलि का पुष्प'।"

सुमित बाबू ने अपनी जिज्ञासा प्रकट की, "अभी भी कुछ कहना शेष है, लिलि!"

"हाँ!" लिलि ने आँखें गोल करते हुए कहा तो सुमित ने पूछा।

"लिलि के पुष्प में ऐसी क्या बात ख़ास है कि हमसे अधिक इसका ध्यान रखती हैं आप?"

"लिलियन वंश के पौधे लिलि कहे जाते हैं। हिन्दी में इसे कुमुदिनी का फूल कहते हैं। लिलि का एक पौधा घर में ज़रूर लगाना चाहिए। दुनिया के सबसे अधिक सुन्दर पौधों में इसका नाम शुमार होता है। यह हवा को शुद्ध करने में मदद करता है। इसके रंग लाल, सफ़ेद, पीला, गुलाबी और नारंगी होते हैं। इसकी प्रजातियाँ टाइगर लिलि, ईस्टर लिलि, पीस लिलि और श्वेत लिलि, मैडोना लिलि और जापानी लिलि भी है। लिलि का अर्थ पवित्रता और भक्ति होता है। लिलि का उपयोग जापान और चीन में शादियों में करते हैं। लिलि का पुष्प रिश्ते मज़बूत रखता है। लिलि को पूर्व जन्म और मातृत्व से जुड़ा हुआ भी मानते हैं।"

सुमित बाबू ने कटाक्ष किया तो भोली-भाली लिलि ने जितना कुछ लिलि के बारे में पढ़ा था, कह दिया।

"बस इतना ही कहना है?" सुमित ने पूछा।

"हाँ! इससे अधिक नहीं मालूम मुझे।" लिलि ने उत्तर दिया। "पता करिएगा इससे अधिक इस पुष्प के बारे में और फिर कभी आराम से मैं आपकी मीठी बातें सुनूँगा।" सुमित बाबू को लिलि के भोलेपन पर हँसी आ गयी।

"कितनी पढ़ाई की है?"

"गाँव के विद्यालय से आठवीं कक्षा तक फिर प्राइवेट दसवीं बोर्ड की परीक्षा उत्तीर्ण की। इस वर्ष बारहवीं कक्षा की पढ़ाई कर रही हूँ।"

"कौन-कौन से विषय लिये हैं इंटर में?"

"अर्थशास्त्र, समाजशास्त्र और नागरिकशास्त्र।"

"बहुत बढ़िया! इम्तहान कब होंगे?"

"अगले महीने में होंगे।" लिलि ने उत्तर दिया।

"छुट्टी लेकर घर जाओ आज 28 तारीख़ है। ख़ूब पढ़ना और अच्छी श्रेणी में इम्तहान उत्तीर्ण करना। ये दो महीने की तनख्वाह है 40 हज़ार।"

"बहुत-बहुत धन्यवाद, सुमित बाबू!" लिलि ने रुपये ले लिये।

लिलि को इंटर में अच्छे अंक मिले, जबकि रेस्टोरेंट में भी काम करना पड़ता था। पूरा दिन रेस्टोरेंट और बगिया में काम करते हुए बीतता है। अतएव पढ़ना-लिखना धीरे-धीरे समाप्त हो गया। अब तो रेस्टोरेंट में दोपहर के भोजन में भी लिलि की बनायी रेसिपी मशहूर हो गयी है।

लिलि के घर में अब 20 हज़ार रुपये प्रतिमाह आने लगे। इससे घर में रौनक आ गयी, लेकिन ज़िन्दगी से अक्षर निकलकर रेस्टोरेंट की पर्चियों में चले गये। लिलि की सुन्दरता को देखने आने वाले ग्राहकों की संख्या में दिन-प्रतिदिन वृद्धि होने लगी। जब सुमित बाबू आवश्यक कार्य से बाहर जाते हैं, तो लिलि कम्प्यूटर पर काम करती, रेस्टोरेंट की पर्चियाँ बनाती और रात होने पर कमाई का हिसाब करती है। उस दिन वह सुमित बाबू की माँ और बहन के साथ उनके ही घर में रह जाती। दो वर्ष पूरे होते-होते, अपने स्वार्थ की पूर्ति के लिए सुमित ने हीरामन काका से लिलि का हाथ माँग लिया। हीरामन काका ने गाँव के मकान में ही सुमित और लिलि का विवाह धूमधाम से सम्पन्न किया। लिलि अब सुमित के साथ ही रहती है, यथावत् रेस्टोरेंट और गाँव की बगिया का काम भी करती रहती है, उसके लिए भी एक कार ली गयी।

लिलि के 'उपवन' रेस्टोरेंट के मालिक की पत्नी बन जाने से, सुमित बाबू की पाँचों ऊँगलियाँ घी में थीं। दिन-दूनी रात चौगुनी तरक़्क़ी कर रहा था उनका व्यवसाय। इस प्रकार पाँच महीने बीत गये। सुमित का अपना 'उपवन' लिलि की रंगत और सुगन्ध से महकने लगा है लेकिन सुमित के चेहरे का रंग उड़ा हुआ था। उसने देखा कि उसकी तलाक़शुदा पत्नी रक्षा एक नन्हा बच्चा गोद में लेकर उस दुकान पर गयी, जिसमें बच्चों का सामान मिलता है। सुमित भी इस समय उस दुकान के मालिक से मिलकर आ रहा है, बच्चों के लिए 'उपवन' रेस्टोरेंट में पार्टी की थीम रखनी है। वह अपने रेस्टोरेंट पर आया और गैराज में अपनी कार पार्क कर दी। एक ऑटो-रिक्शा लेकर बच्चों के सामान वाली उसी दुकान पर फिर गया। रक्षा दुकान से सामान ख़रीदकर बच्चे समेत एक टैक्सी में बैठ गयी, तो सुमित को अपनी कार की याद आयी। सुमित भी ऑटो-रिक्शा में बैठकर रक्षा का पीछा करने लगा। रक्षा की माँ ने रक्षा से बच्चा लिया।

रक्षा ने सामान बाहर निकालते हुए टैक्सी वाले को किराये के पैसे दिये। जब सुमित उस घर के दरवाज़े पर पहुँचा तो रक्षा ने आश्चर्य से कहा, "तुम मत आओ, स्वार्थी अब क्या चाहिए।"

"यह किसका बच्चा है?" सुमित ने भी हैरान होकर पूछा।

"तुम्हें क्या करना है?" रक्षा बिफर गयी।

"तुमने मुझे धोखा दिया है। धोखे से मेरा बच्चा ले लिया है। तुमने यह बात मुझसे छिपायी कि तुम गर्भवती हो क्योंकि तुम मुझसे तलाक़ चाहती थी।" सुमित ने रक्षा पर इल्ज़ाम लगाया।

"और तुमने मेरे साथ जो कुछ किया, स्वार्थी! तुम तो अपना नाम भी भूल गये थे। मेरे नाम के पूरे बैंक-बैलेंस, मेरे नाम की कार और मेरे सारे आभूषण बेचकर तुमने अपना रेस्टोरेंट बनाया। लालची हो तुम, तुमने मुझे कोई सुख नहीं दिया शादी के चार वर्षों में और जब मैं माँ बनने वाली थी, तब तो हमारे तलाक़ पर मुहर लगा दी, ताकि मैं अपने बैंक-बैलेंस, अपनी कार और अपने आभूषण तुमसे वापस न माँग सकूँ!" रक्षा रोने लगी।

"यह बच्चा मेरा है न!" सुमित ने बच्चे की तरफ़ इशारा किया तो रक्षा घबरा गयी।

"नहीं। यह मेरा पुष्प है।" रक्षा ने रूठकर कहा। सुमित ख़ामोशी से बैठक में रखे सोफ़े पर बैठ गया, किससे शिकायत करता। लिलि को बच्चों के सामान बेचने

वाले दुकानदार ने फ़ोन पर बताया था कि उसने सुमित बाबू को रक्षा का पीछा करते हुए देखा है।

"रक्षा कौन है?" लिलि ने हैरानी से पूछा।

"सुमित बाबू उसे तलाक़ दे चुके हैं। रक्षा उनकी पहली पत्नी थीं।" दुकानदार और कुछ कहे इसके पहले ही लिलि ने पूछा।

"रक्षा कहाँ रहती है?"

"वह शिव जी के मन्दिर के सामने से एक रोड से सीधा जाइए तो तीसरे मोड़ पर नीलकण्ठ नगर कॉलोनी आती है। उसमें ही पाँचवाँ दो मंज़िला मकान रक्षा मैडम का है। उनके गेट पर कोचिंग क्लास और रक्षा मैडम का नाम लिखा है।" दुकानदार ने रक्षा के घर का पता बताया तो लिलि रुक न पायी, ड्राइवर को कार चलाने को कहा और शिव जी के दर्शन करके आगे नीलकण्ठ कॉलोनी में रक्षा मैडम की कोचिंग क्लास के सामने कार से उतरकर खड़ी हो गयी। घर को निहारने लगी तो उसे अपना बचपन याद आया। शिव जी के मन्दिर के पास के बग़ीचे में हीरामन माली था और उसकी पत्नी उस बग़ीचे के फूल शिव मन्दिर में आने वाले दर्शनार्थियों को बेचती थी। उन्हें सब काका और काकी पुकारते थे। लिलि केवल चार बरस की थी, तब से इस घर में उसे काकी लेकर आती थी। काका-काकी की उम्र अधिक थी, लिलि के पहले उनकी एक और औलाद हुई थी, एक लड़की, जो दो वर्ष की होते-होते मन्दिर की सीढ़ियों से गिरकर चल बसी। तब से काकी रक्षा को ही अपनी बड़ी बेटी समझकर उसकी माँ के घर का काम कर देती थी। कभी-कभी रक्षा को विद्यालय से लाती थी। कभी उसे विद्यालय में टिफ़िन देने जाती थी। लिलि को रक्षा दीदी का गोरा-सा गोल-मटोल मुखड़ा और नीली आँखें याद आने लगीं। अक्सर रक्षा दीदी सुन्दर फ्रिल लगी हुई फ्रॉक पहनतीं और उनकी लहरदार मैक्सी के क्या कहने? एक बार तो घेरदार घाघरा और चोली पहनकर उन्होंने मन्दिर में महाशिवरात्रि पर शिव वन्दना प्रस्तुत की थी। उनकी माँ रक्षा दीदी की छोटी फ्रॉक लिलि को दे दिया करती थीं। लिलि पर भी रक्षा की फ्रॉक अच्छी लगती थी। फूल ख़रीदकर रक्षा की माँ कभी पाँच रुपये तो कभी दस रुपये काकी को थमाती थीं और दर्शन करने के पश्चात, सीढ़ी से उतरते हुए नन्ही लिलि को प्रसाद देती थीं। मन्दिर में जब सारे फूल बिक जाते थे तब काकी लिलि को साथ लेकर रक्षा दीदी के घर के कामों में हाथ बँटाती थी। नन्ही लिलि भी उनके साथ ही घर के काम सीखती, अक्सर काका उसके हाथ में लिलि के फूल थमा देते थे रक्षा दीदी की माँ को देने

के लिए। लिलि अकेले ही कभी-कभी उस घर में आती थी। रक्षा नौ वर्षीय स्वस्थ और बुद्धिमान लड़की थी, कभी गुड़िया से खेलती, कभी गेंद से तो कभी बैडमिंटन खेलती या लूडो।

नन्ही लिलि, रक्षा दीदी के सजाये हुए खिलौनों को उनसे ज़िद करके माँगती और खेलती थी। "रक्षा दीदी, दो न मुझे यह हाथी दो। रक्षा दीदी मैं एक बार गुड्डा पकड़ूँगी बस। दे दो अब मैं उसके बाल नहीं खींचूँगी।" कभी रक्षा खिलौना देती, कभी नहीं देती थी। पुराने या टूटे खिलौने रक्षा फेंकती तो वह उसे ले लेती। रक्षा दीदी की किताबें पुरानी हो जातीं तो लिलि को पढ़ने के लिए मिलती थीं। लिलि पढ़ने में अच्छी थी। उसे भी एक प्राथमिक विद्यालय में पढ़ने भेजा जाता था।

जितना बड़प्पन रक्षा में था, उसका अंश भी लिलि में न था। "रक्षा दीदी, देखो आपके लिए बिस्कुट लायी हूँ, अपनी टी-सेट दो, चाय बनाऊँगी।" रक्षा परेशान हो जाती।

"तंग मत करो मुझे। मैं अभी पढ़ रही हूँ।" झिड़क देती थी। लिलि भी मानने वालों में से नहीं थी।

"अरी सुन रक्षा दीदी, मानो मेरी बात, दे दो न टी-सेट, ख़ाली बिस्कुट नहीं खाते हैं कभी। बिस्कुट खायेंगे चाय के साथ।" लिलि ठठाकर हँस पड़ती पर रक्षा उदास।

"काकी, इसको साथ मत लाया करो, ये लड़की मेरी बात नहीं मानती है।" रक्षा शिकायत करती तो काकी समझाती, "मान जा बिटिया, ज़िद न कर।" काकी की बिटिया रोने लगती।

एक दिन काकी को तेज़ खाँसी हुई, एक महीने में ही वह तपेदिक से मर गयी। हीरामन काका का मन लखनऊ में नहीं लगा और वह अपने पैतृक गाँव आकर फूल की खेती करने लगे। लिलि भी ग्यारह बरस की हो गयी। गाँव के मिडिल स्कूल में पढ़ने जाती थी। गाँव में उनका मकान था और आसपास की भूमि पर वे शाक-सब्ज़ियाँ उगाते थे। फूलों की भी बगिया बनायी थी लिलि ने, अपने मकान के आसपास, ताकि वातावरण में पवित्रता और भक्ति बनी रहे।

लिलि ने देखा रक्षा के घर का दरवाज़ा खुला है। अन्दर झाँककर देखा रक्षा दीदी एक कुर्सी पर बैठी हैं और सोफ़े पर सुमित बाबू बैठे हैं, बैठक में सन्नाटा है। रक्षा के पिता जी गोदी में एक नन्हे बच्चे को लेकर कमरे से बाहर बैठक में प्रविष्ठ हुए और कहने लगे।

"देखो तो कौन है? देखो कौन आये हैं तुमसे मिलने को पुष्प! तुम्हारे पापा देखो तो, पुष्प!"

"पापा, पापा!" बच्चा सुर में कहने लगा।

"चुप रहो, पुष्प!" रक्षा ने बच्चे को डाँटा।

"तुम चुप रहो, रक्षा! उसे कहने दो।" सुमित ने झुँझलाकर कहा।

"इधर आना बेटा, अब बोलो..."

बच्चा हँसते हुए धीरे-धीरे पहले एक क़दम रखता हुआ आगे को आया, फिर दूसरा क़दम रखने लगा कि रक्षा ने उसे रोका, "पुष्प, रुक जाओ। यहाँ आओ, मेरे पास आओ, पुष्प!"

पुष्प पीछे लौट गया और रक्षा से लिपट गया।

"माँ-माँ..."

"रक्षा यह कब पैदा हुआ। तुमने मुझे बताना भी जरूरी नहीं समझा!"

"कैसे बताती, सुमित बाबू! तुम दोनों का तो राजी से तलाक़ हुआ था। रक्षा को सदमा न पहुँचे इसलिए सावधानी रखने के लिए ही डॉक्टर ने तुम तक यह ख़बर पहुँचाने नहीं दी। रक्षा तो बेहोश ही पड़ी रहती थी। पाँच दिन तक बिस्तर से उठती नहीं थी, तब हमने लेडी डॉक्टर को बुलाया था। उन्होंने ही कहा कि तुम दोनों के लड़ने से रक्षा पर बुरा असर हुआ है और अगर तुम्हें फिर से बुलाया गया तो इसके गर्भ में पल रहे बच्चे पर भी बुरा असर पड़ेगा। तुम दोनों का एक-दूसरे पर से विश्वास ही उठ गया था।" रक्षा की माँ ने कहा।

रक्षा चीख़ी-चिल्लायी, "स्वार्थी, लालची, सब कुछ तो मेरा छीन लिया तुमने, अब मेरा बच्चा छीनने आये हो।"

"यह मेरा बच्चा है।" सुमित ने समझाया।

"पुष्प मेरा बच्चा है। तुम्हारा इस पर कोई अधिकार नहीं है। दूर रहो मेरे पुष्प से।" रक्षा नाराज़ है।

"यह मेरे उपवन का पुष्प है।" सुमित कह रहा है। रक्षा को सदमा पहुँचाकर सुमित बच्चा लेना चाहता है। इन दोनों की छीना-झपटी में बच्चा उनके हाथ से छूटकर नीचे गिरने लगा। दोनों आवाक् रह गये। नीचे पुष्प को लिलि ने अपने आँचल को बिछाकर समेट लिया है। रक्षा की आँखें फटी रह गयीं।

"रक्षा दीदी, दे दो न, दो न रक्षा दीदी, पुष्प है!" लिलि विनती करते हुए गिड़गिड़ाने लगी।

सुमित प्रसन्नता और उल्लास से कहने लगा, "इतना प्यारा बच्चा है। देखो यह सुन्दर, कोमल और सुवासित बच्चा तो है लिलि का पुष्प।"

"लिलि का पुष्प" लिलि भी ख़ुश हो गयी।

वैदेही के राम

(एक)

गुजरात के सूरत नगर में आज हिन्दुओं की सभा हो रही है। जगह-जगह इकट्ठे होकर हिन्दुओं ने राम जन्मभूमि आन्दोलन के लिए अपना सहयोग प्रदान करने का संकल्प लिया। श्रीराम मन्दिर का अयोध्या में निर्माण करने का उल्लासमय वातावरण है।

मंगल भवन अमंगल हारी, द्रवहु सुदसरथ अजिर-बिहारी।

भगवान श्रीराम की जय-जयकार हो रही है। वैदेही का पूरा परिवार अपने घर के छोटे से बग़ीचे में खड़ा है, 'जय श्रीराम जी की' कहकर दो अयोध्यावासी वैदेही के घर पधारे। वैदेही के पिता जी ने उन्हें आदर से बैठक में रखी कुर्सियों पर बैठाया और कहा, "अतिथि तो भगवान समान होता है। धन्य भाग जो श्रीराम की जन्मभूमि अयोध्या से अयोध्यावासी हमारे घर पधारे।"

वैदेही अपनी उत्सुकता छुपा नहीं सकती है, उसके नेत्रों में अतिथिगण द्वारा वर्णित श्रीराम की छवि मुस्कुरा रही थी।

"यह मेरी कन्या वैदेही है।" माँ ने वैदेही का परिचय दिया।

अतिथि ने माँ और उसकी कन्या वैदेही पर एक हल्की-सी दृष्टि डाली और मुस्कुराये। उन्होंने वैदेही से कहा कि, "सौभाग्यवती भव:!" यह कहकर आशीर्वाद के लिए चरणों के पास बैठी तेरह वर्षीया कन्या वैदेही के सिर पर हाथ रखा।

"महोदय, मेरी कन्या की आयु केवल तेरह वर्ष है। अभी तो वैदेही का मन डॉक्टर बनने का है, चाइल्ड स्पेशलिस्ट।" माँ ने अतिथिगण को वास्तविकता से अवगत कराया।

"मन का क्या है? मन के ख़ज़ाने में माया भरी होती है, मन भले-बुरे में फ़र्क़ करता है। जीवन बुद्धि से ही आगे बढ़ता है। कन्या तुम क्या चाहती हो?" अतिथि ने पूछा।

"मैं अभी नौवीं कक्षा में पढ़ रही हूँ, सूरत के शासकीय विद्यालय में, गुजराती मीडियम है। मेरा मन करता है कि मैं डॉक्टर बनूँ।"

"किसने रोका है, वैदेही? पढ़ने-लिखने से बुद्धि कुशाग्र होती है और स्त्री शिक्षा तो आजकल की आवश्यकता है, ख़ूब पढ़ो, ख़ूब बढ़ो।" अतिथि ने उसे समझाया।

"महोदय, लेकिन आप तो इसे सौभाग्यवती होने का आशीर्वाद दे रहे हैं। आप मेरी बहन रिया..." पिता जी की बात पूरी भी नहीं हुई और अतिथिगण उठ खड़े हुए।

होइहि सोई जो राम रचि राखा। को करि तरक बढ़ावै साखा।

कहते हुए दोनों अतिथि घर से बाहर निकल गये। सूरत में 'जय श्रीराम' के नारे लग रहे हैं। पूरा गुजरात ही प्रधानमन्त्री नरेन्द्र मोदी के साथ भारतीय जनता पार्टी के संकल्प को पूरा करने में सहयोग दे रहा है। ज्ञातव्य है कि भारतीय जनता पार्टी ने 'हम मन्दिर वहीं बनायेंगे' कहते हुए अयोध्या नगरी में भगवान श्रीराम के मन्दिर बनाने का संकल्प लिया है।

तेरह वर्षीय वैदेही सौभाग्य से एक ऐसे परिवार की सदस्या है, जो उत्तर प्रदेश से सूरत आया है। यह भी उसका सौभाग्य ही है कि उसकी माँ सूरत के एक गुजराती परिवार की बिटिया हैं और उत्तर प्रदेश के ब्राह्मण परिवार की बहू भी है। साथ ही एक कामकाजी महिला भी हैं। माँ का गुजराती परिवार गुजरात में फाफड़ा, ढोकला, ठेपला, फरसण, पापड़ और अचार बनाने के लिए प्रसिद्ध है। पिता जी सूरत में ही एक मिडिल स्कूल के शिक्षक रूप में जाने-माने विद्वान ब्राह्मण हैं।

वैदेही के साथ उसके माता-पिता, दादा-दादी, रिया बुआ और छोटा भाई चंचल तीन कमरों के एक पक्के मकान में सुख-शान्ति से निवास करते हैं। रिया बुआ अब सत्ताईस बरस की हो चुकी हैं, किन्तु दहेज की माँग के कारण उनका विवाह नहीं हो पा रहा है। रिया बुआ नाज़ुक और साँवली हैं। क़द-काठी भी औसत है। दादी की भाँति ही सुन्दर हैं। बैचलर ऑफ़ आर्ट की डिग्री भी है तथा घर पर ही छोटे बच्चों की ट्यूशन लेती हैं। उत्तर प्रदेश में ही उनके लिए एक दूल्हा ढूँढ़ने की कोशिश की जा रही है। वैदेही के मकान की छत पर एक कमरा बनवाया जा रहा है।

"मिल गये बुआ, देखिए मिल गया।" वैदेही ज़ोर-ज़ोर से तालियाँ बजा रही है।

"क्या मिल गये?" रिया बुआ ने टोका।

"आपका दूल्हा! देखिए न बुआ!" कहते हुए वैदेही ने एक किताब उठाकर रिया बुआ के हाथ में दे थी।

रिया ने मुख पृष्ठ देखकर कहा, "ये तो विपक्ष के नेता राहुल गांधी हैं।" रिया बुआ ने वैदेही के गाल खींचे और मुस्कुराकर बताया।

वैदेही ने रिया बुआ को उनका मोबाइल दिखाया। मोबाइल में राहुल गांधी का फ़ोन नम्बर है। वैदेही ने किताब खोलकर दिखाया, उसमें एक बड़ी-सी तस्वीर है। उन राहुल गांधी साहब की जिनका रिश्ता बुआ के लिए आया है।

"यह है आपके होने वाले दूल्हे, मोबाइल पर बात करिए।" रिया बुआ ने तस्वीर के पीछे लिखा हुआ विवरण पढ़ा।

"डॉ. राहुल गांधी—उम्र-34 वर्ष

असिस्टेंट प्रोफ़ेसर, इतिहास विभाग

बनारस हिन्दू यूनिवर्सिटी, बनारस (उत्तर प्रदेश)।"

रिया बुआ हैरान होकर बोली आवाज़ में कँपकँपी है, "मेरे लिए दूल्हा मिल गया है!"

"दहेज विरोधी है, शादी सूरत में ही होगी अगले वर्ष।"

माँ ने कमरे में प्रवेश कर कहा। तीनों ख़ुश हो रही हैं। बारी-बारी से राहुल की तस्वीर देख रही हैं।

(दो)

दसवीं की परीक्षा का परिणाम आने वाला है। वैदेही कई दिनों से दसवीं की परीक्षा के परिणाम का इन्तज़ार कर रही है। प्रश्नपत्र तो सभी अच्छे से हल किये हैं। ग्यारहवीं कक्षा में जीवविज्ञान संकाय में प्रवेश लेने के लिए अच्छे प्राप्तांक आने की उम्मीद भी है। यकायक दरवाज़े पर दस्तक हुई। वैदेही ने क्षण भर विचार किया। धीरे-धीरे दरवाज़ा खोलकर सामने की ओर देखा। सामने राम खड़ा है, उसका क़द ऊँचा, रंग साँवला और सुमधुर सम्भाषण है। उसके मुखमण्डल पर सन्तोष है और रक्तिम वर्ण के होंठों पर सौम्य मुस्कुराहट है।

"मैं राम हूँ, अयोध्या से आया हूँ। आपके घर के ऊपर का कमरा देखना चाहता हूँ।"

"पेइंग गेस्ट हैं!" वैदेही ने अपनी काली-काली, बड़ी-बड़ी आँखों को गोलाकार किया, माथे पर लकीरें उभरीं।

"मैं अपने भाई लक्ष्मण के साथ उस कमरे में रहना चाहता हूँ।"

"क्यों रहेंगे आप उस कमरे में? वह कमरा तो रहीम भाई ने रहने के लिए लिया है। पाँच हज़ार रुपये किराया देते हैं।"

अल्हड़बाला ने स्पष्टीकरण दिया। राम ने समझाया कि, "घर में आपके दादा जी-दादी जी होंगे। उन्हें बुला लाइए। हम उन्हीं से पूछेंगे।"

"ठीक है। मैं दादा जी-दादा जी को बुला लाती हूँ।" यह कहकर वैदेही कमरे से दादा जी को लेकर आयी।

"दादा जी, यह श्रीमान अयोध्या से आये हैं। इनका शुभ नाम राम है।"

"जय श्रीराम!" कहकर दादा जी ने हाथ जोड़े तो राम ने भी अभिवादन किया।

"दादा जी प्रणाम! मैं और मेरा भाई लक्ष्मण आपके घर की छत पर बने कमरे में रहना चाहते हैं।"

"वैसे तो उस कमरे में रहीम बेकरी वाला किराएदार है, अगर तुम दोनों भाई राम-लक्ष्मण भी उसी कमरे में रहना चाहो तो कमरा इतना बड़ा है कि तीन पलंग, दो मेज़, चार कुर्सियाँ और दो अलमारियाँ रह सकती हैं। खाना-पीना, रज़ाई-गद्दे, दवाइयाँ आदि सुविधाएँ तो हम देंगे ही, कमरे का किराया पाँच हज़ार रुपये दे दीजिएगा।" दादा जी ने स्पष्ट कर दिया कि छत पर बने कमरे में रहीम बेकरी वाला भी उनके साथ ही रहेगा।

राम ने अपने भाई लक्ष्मण को पुकारा और दोनों भाई दादा जी के साथ सामान लेकर चढ़ने लगे।

जाकी रही भावना जैसी। प्रभु मूरति देखी तिन तैसी।।

वैदेही राम को चकित निगाहों से सीढ़ियाँ चढ़ते हुए देख रही थी।

"वैदेही, चाय बनाने का समय हो गया है। नये किरायेदारों को चाय के साथ ढोकला भी खिलाना। 'चाय और ढोकला' ऊपर ही कमरे में देकर आना। मैं नानी के घर जा रही हूँ।" माँ जरी की मोरपंखी साड़ी पहने हुए, आभूषणों से शृंगार किये हुए हैं।

"माँ सुनिए न। मेरे साथ रुकिए। मुझसे नहीं हो पायेगा।" वैदेही रुआँसी हो गयी तो माँ ने डाँटा।

"वैदेही, तुम्हें ये सब काम करने होंगे। किराया मिलेगा। रिया बुआ की शादी में ख़र्च करने को रुपये भी तो चाहिए।"

वैदेही पैर पटकते हुए रसोईघर में गयी। अदरक वाली कड़क गर्म चाय बनाकर केतली में भर ली। ट्रे में तीन कप रख लिये। एक प्लेट में ढोकला और कटोरी में चटनी रख ली। सँभल-सँभलकर छत पर जाने के लिए सीढ़ियाँ चढ़ने लगी।

दादा जी कमरे के दरवाज़े पर ही खड़े थे। "वैदेही अदरक वाली कड़क गरम चाय और ढोकला लेकर आ गयी है। तुम लोग चाय-नाश्ता कर लो।" वैदेही ट्रे मेज़ पर रखकर झटपट कमरे से बाहर चली गयी।

(तीन)

रिया बुआ की शादी धूमधाम से हो रही है। घर में ढेर सारे मेहमान आ रहे हैं। रोज़ाना चाय-नाश्ता तथा रात में खाने-पीने का कार्यक्रम चलता रहता है। तीनों किरायेदार भी घर के सदस्यों से घुल-मिल गये हैं। आज गुजराती समाज में गरबा नाइट होने वाली है। तीनों किरायेदारों को खाना पहुँचाने के लिए वैदेही लाल रंग का गोटेदार लहँगा और झिलमिल चुनरी ओढ़कर गयी है।

"तुम भी गरबा खेलोगी, वैदेही?" राम ने पूछा।

"हाँ, हम सभी गरबा खेलने जा रहे हैं।" वैदेही बोल रही है और राम उसके लाल रंग के गोटेदार लहँगे को देखकर उत्साहित होकर कहने लगा कि, "मैं भी आऊँगा, गरबा नाइट देखने।"

"केवल गुजराती गरबा करेंगे। जब रिया बुआ की वहाँ शादी होगी तब आना। तब हमारे यहाँ उत्तर प्रदेश से बारात आयेगी।" वैदेही ने घबराकर कहा और कमरे से बाहर निकल गयी। राम शरारत से मुस्कुराया।

राम भी अपने कमरे में नहीं रुका। दादा जी के पास आया, ज़िद करने लगा "दादा जी मैं भी गरबा नाइट में चलूँगा।" "ठीक है राम, तुम भी गरबा के लिए परिधान पहन लो। वैदेही, कमरे में से अपने मामा की गरबा ड्रेस लाकर दो।" माँ ही गरबा ड्रेस ले आयीं। राम को थमाते हुए बोलीं कि "आठ बजे तैयार होकर आना। एक गरबा तुम भी खेल लेना।" "हाँ माँ, ज़रूर नाचूँगा।" राम आठ बजे तैयार होकर आया। पूरा परिवार गरबा नाइट के लिए गुजराती समाज की ओर चल दिया।

राम और लक्ष्मण सूरत में कपड़ा उद्योग प्रशिक्षण ले रहे हैं, उन दोनों को कपड़ा उद्योग विशेषकर साड़ी उद्योग की बारीकियों को जानने के लिए सूरत के

प्रशिक्षण केन्द्र में जाना होता है। इस कारण से वे छत पर बने कमरे में बतौर पेइंग गेस्ट रहते हैं।

"एक बार मेरे साथ गरबा खेलोगी, मुझे अच्छा लगेगा।" वैदेही के सलोनेपन से भी अधिक उसका झूमकर गरबा नृत्य करना राम को पसन्द आया। वैदेही भी राम के गुजराती वेश में सजे-सँवरे मोहक स्वरूप को बेझिझक निहार रही है।

"मुझे भी गरबा नृत्य करना है।" राम ने कहा।

वैदेही ने हँसकर राम को डाँडिया दे दी और उसे भी गरबा नृत्य सिखाने लगी।

"कहाँ तक पढ़ाई की है, राम?" दादी ने अपनत्व से पूछा।

"अर्थशास्त्र में पोस्ट ग्रेजुएशन किया है। मेरे पिता जी अवध प्रताप जी अयोध्या के जाने-माने कपड़ा व्यवसायी हैं। वे भगवान श्रीराम के अनन्य भक्त भी हैं।" राम ने अपने पिता के बारे में बताया।

"मेरे पिता जी भी रामचरितमानस का पाठ करते हैं और भगवान श्रीराम के अनन्य भक्त हैं।" वैदेही ने कहा।

"मेरे पिता जी भी रामचरितमानस के दोहे और चौपाइयाँ गाते थे और भगवान राम के अनन्य भक्त थे। तब हम भी अयोध्या अक्सर जाते थे।" दादी ने याद किया।

"आपकी उम्र कितनी है, दादा जी?" राम ने जिज्ञासा प्रकट की।

"हमारे दादा जी की उम्र सत्तर वर्ष है और दादी जी उनसे दो वर्ष छोटी हैं।" वैदेही ने इठलाते हुए बताया।

"तुम्हारी आयु क्या है, राम?" दादी ने जानना चाहा।

"इस रामनवमी को बाईस वर्ष का हो जाऊँगा।"

राम को अपने जन्मदिन से ज़्यादा वैदेही की इस बात से ख़ुशी हुई, "मैं भी रामनवमी को सोलह बरस की हो जाऊँगी। मेरा भी रामनवमी को ही जन्मदिन मनाते हैं। मैं कन्या हूँ, इसलिए मेरा नाम वैदेही रखा गया। जैसे कि तुम्हारा नाम राम पड़ा।" माँ ने वैदेही को समझाया, "बड़ों से आप कहकर बात करते हैं। राम बड़ा है तुमसे।" माँ ने कहा, "राम और दादा-दादी को घर लेकर जाओ, वैदेही! हम सब दो घण्टे बाद घर आयेंगे।" आगे वैदेही ने दादी का हाथ पकड़ा हुआ है, पीछे राम और दादा जी चुपचाप चल रहे हैं।

(चार)

बारहवीं कक्षा में अच्छे अंकों से उत्तीर्ण होने के साथ ही मेडिकल प्रवेश परीक्षा देने पर जब कट ऑफ़ तक अंक नहीं मिले फूट-फूट कर वैदेही रोयी। उसको रहीम

भाई और उनकी पत्नी शबाना ने बहुत समझाया पर वैदेही के लिए अब कोई भी निर्णय लेना असम्भव है।

राम-लक्ष्मण लगभग दो वर्ष का प्रशिक्षण लेकर अयोध्या लौट गये हैं। वैदेही ने घर की आर्थिक परिस्थिति को देखते हुए सूरत के शासकीय महाविद्यालय में जीवविज्ञान विभाग में स्नातक की शिक्षा प्राप्त करने के लिए प्रवेश लिया है। रहीम भाई बेकरीवाला का निकाह शबाना भाभी के साथ होने के बाद शबाना भाभी भी पेइंग गेस्ट बनकर रहती हैं। शबाना भाभी भी एक प्राइवेट स्कूल में जीवविज्ञान की अध्यापिका हैं। स्नातक प्रथम वर्ष की परीक्षा तो हो गयी है। अब द्वितीय वर्ष के साथ ही मेडिकल की प्रवेश परीक्षा की तैयारी एकबारगी फिर से शुरू हो गयी।

इस बार बहुत पढ़ाई की है मेडिकल में प्रवेश पाने के लिए वैदेही ने! कॉलेज की छात्राओं से ज़रा भी बातचीत नहीं करती है, क्योंकि हर क्षण एक नया प्रश्न हल करना ही प्रतियोगी परीक्षा की अचूक योजना है।

तीन-चार दिन से शीत ऋतु की हल्की-हल्की बयार से वैदेही का कोमल मुखमण्डल सूज गया है। खिड़की पर लगे हुए परदे को हटाने से सूरज अस्त होते देखना बहुत मज़ेदार लगता है। वैदेही एक शाम ऐसे ही सूर्यास्त का दृश्य अपने घर की खिड़की में से सामने अपलक देख रही है कि राम आकर खड़े हो गये।

"राम! आप भीतर आइए।" कहते हुए वैदेही ने लपककर घर का बन्द दरवाज़ा खोला। राम बैठक में प्रवेश करने के साथ ही वैदेही से उसका हालचाल पूछने लगे। वैदेही ने भी जवाब में कहा कि, "कॉलेज में स्नातक कोर्स के द्वितीय वर्ष में हूँ, उस बार तो मेडिकल में प्रवेश नहीं मिला, अबकी बार बहुत परिश्रम कर रही हूँ कि मेडिकल कॉलेज में प्रवेश मिल जाये।"

हरि अनन्त हरि कथा अनन्ता। कहहि सुनहि बहु बिधि सब सन्ता।

"अकेले ही आए हैं आप अयोध्या से।" वैदेही ने अचरज से पूछा।

"तो क्या हुआ? वैसे मैं अकेला नहीं जाऊँगा यहाँ से अयोध्या।" राम ने आँखें झुका लीं। वैदेही ने भोलेपन से पूछा।

"इसका क्या मतलब है?" राम को हँसी आ गयी इस भोले प्रश्न पर।

"सब समझ जाओगी, वैदेही, यह बताओ मैं कहाँ रूकूँ।"

"ऊपर वाले कमरे में तो रहीम भाई और शबाना भाभी रहते हैं। ऐसा कीजिए आप हमारे घर पर ही ठहरिए।" वैदेही के उत्तर से राम की मुख-मुद्रा गम्भीर हो गयी।

"कितने दिन यहाँ रह सकता हूँ?"

"अरे! जब तक आपका दिल चाहे आप हमारे साथ रहिए।" वैदेही हँसकर रसोईघर से पानी और नारियल की एक बरफ़ी ले आयी। राम ने बर्फ़ी खाकर पानी पिया।

"घर में दादा जी और दादी जी तो होंगे।"

"न, रिया बुआ के घर गये हैं। बनारस में रिया बुआ की ससुराल है। दादी जी का भी घर वहीं था, लेकिन दादा जी प्रतापगढ़ से हैं।" वैदेही की बात सुनकर राम का मुँह उतर गया।

"चंचल खेलने गया है।" राम के पूछने पर वैदेही ने आगे बात करना उचित नहीं समझा।

"चंचल अभी खेलकर लौट आयेगा। आप आराम से बैठिए। मुझे खाना भी बनाना है।" वैदेही रसोईघर में सब्ज़ी काटकर, आटा गूँथने लगी।

"वैदेही, इतना चुप मत रहो, मुझसे बातें करो।" राम रसोईघर में आ गया। वैदेही ने गैस पर सब्ज़ी चढ़ा दी। रोटियाँ बनाने लगी।

"वैदेही, मैं अपने प्रशिक्षण केन्द्र पर जाना चाहता हूँ। अयोध्या से कुछ वस्त्रों की डिज़ाइन लेकर आया हूँ। तुम्हारे लिए भी मैंने लाल रंग का ज़री और गोटेदार लहँगा-चुनरी बनाये है। माँ-पिता जी, दादी-दादा जी के लिए साड़ियाँ और कुर्ता-पायजामा लाया हूँ। चंचल के लिए भी अन्दाज़ से एकदम नया डिज़ाइनर कुर्ता-पायजामा बनाया है।" उसने सभी कपड़े मेज़ पर रख दिये और किसका क्या उपहार है, उस पर नाम भी लिख दिये हैं। वैदेही ने भोजन परोसकर थाली राम के हाथ में दे दी।

"आप खाना खाकर ही प्रशिक्षण केन्द्र जायें। यहीं बैठक में आपका बिस्तर लगा दूँगी।" राम ने सुस्वादु भोजन ग्रहण किया और प्रशिक्षण केन्द्र की ओर निकल पड़ा। वैदेही आशा से राम को जाते हुए अपलक निहार रही है।

चंचल खाना खाकर सो गया। माँ और पिता जी भी खाना खाये और सो गये तो वैदेही बैठक में तकिया चादर रखने लगी, तब माँ ने पूछा, "आज बाहर के कमरे में सोना है क्या तुम्हें?"

"न माँ, आज राम अयोध्या से अपने घर आये थे, अभी सूरत के प्रशिक्षण केंद्र से आयेंगे, तो यहीं बिस्तर पर सो जायेंगे।" वैदेही ने कहा।

माँ-पिता जी बैठक में राम का इन्तज़ार करने लगे। वैदेही पढ़ते-पढ़ते सो गयी, तो राम लौटा। माँ-पिता जी के चरण स्पर्श करके उनके आशीर्वाद लिये। माँ-पिता जी ने प्रसन्नता से राम का स्वागत किया। जब माँ-पिता जी अपने कमरे में सोने जा रहे हैं तब माँ ने वैदेही के कमरे में झाँककर देखा, वैदेही पढ़ते-पढ़ते सो गयी थी। माँ ने वैदेही को पलंग पर ठीक से लिटाया और कमरे की लाइट ऑफ़ कर दी।

शुभरात्रि की मोहक बेला थी। राम ने बिस्तर पर लेटे हुए अपनी आँखों को बन्द कर लिया। नींद के परे कोई चुपके से देख रहा है, ऐसा उसे अहसास हो रहा है। अचानक पायल की झनकार सुनायी देने लगी, डांडिया की टिप-टिप पर वैदेही की झूमकर गरबा करती हुई मुद्राएँ साकार दिखाई देने लगीं। देखकर राम मुग्ध हुआ जा रहा है।

(पाँच)

सुबह-सुबह राम चाय-नाश्ता करने के पश्चात् प्रशिक्षण केन्द्र की ओर निकल गया। आज माँ ने नाश्ते में अच्छी-अच्छी चीज़ें बनायी थीं। माँ को राम के आने की ख़ुशी है किन्तु पिता जी चिन्ता में घुले जा रहे हैं। चिन्ता का कारण वैदेही की डॉक्टरी की पढ़ाई के लिए फ़ीस का जुगाड़ करना है। अगली बार मेडिकल कॉलेज में प्रवेश लेना है तो इस बार ही ऑफ़िस में ओवरटाइम कर लेता हूँ। डॉक्टर बनना आसान कार्य नहीं है।

"मैं आज देरी से घर आऊँगा, तुम सब खाना खाकर सो जाना। ऑफ़िस में ओवरटाइम करना है।" पिता जी ने टिफ़िन लेकर विद्यालय की ओर प्रस्थान किया। चंचल अपना बैग और लंच-बॉक्स उठाकर घर के बाहर अपनी स्कूल बस की राह देखने लगा। माँ ने अपने लिए टिफ़िन में खाना भरा और नानी के घर चली गयी। इतना सब कुछ केवल एक घण्टे के भीतर हुआ। अब वैदेही ने नाश्ता किया।

"आज तो बहुत बढ़िया नाश्ता बनाया है माँ ने।" कहते हुए नाश्ते का और खाने के अलग-अलग टिफ़िन रहीम भाई और शबाना भाभी को थमा दिये। तीनों एक-दूसरे को देख मुस्कुराये।

दोपहर के दो बजे राम घर लौट आया तो वैदेही ने उसे खाना परोसकर थाली हाथ में पकड़ायी। राम भोजन के स्वाद का आनन्द ले रहा था। पूरा खाना ख़त्म कर उसने अयोध्या जाने की बात छेड़ी तो वैदेही निराश हो गयी। वैदेही ने आगे कोई बात नहीं पूछी, वह अपने कमरे में आकर पढ़ने लगी। राम ने कुछ देर प्रशिक्षण केन्द्र से लाये हुए काग़ज़ देखे। उसके बाद आँखें मूँद लीं। एक झपकी-सी आयी।

उसने आँखें खोलीं तो सामने वैदेही अपने बाल बिखेरे, माथे पर चमकती बिन्दिया सजाये, हाथ में एक कप चाय लिये उससे कह रही है कि, "राम, आँखें खोलिए, मैं चाय लायी हूँ।"

राम हड़बड़ाकर वैदेही की ओर देखने लगा तो वैदेही के मुख पर लज्जा की लालिमा छा गयी। चाय की प्याली उसने मेज़ पर रख दी और अपने कमरे में जाकर पढ़ने लगी।

"तुम चाय नहीं पी रही हो।" यह कहते हुए राम वैदेही के कमरे में अपनी चाय का कप और प्लेट लेकर पहुँच गया। वैदेही ने न में गर्दन हिलायी।

राम ने चाय प्लेट में उड़ेली और वैदेही को देखा, "यह लो तुम प्लेट से चाय पियो, प्याली से मैं चाय पिऊँगा। चाय तो साथ पीनी चाहिए, वैदेही!"

राम ने प्लेट एकदम वैदेही के होंठों के पास रख दी। वैदेही ने प्लेट पकड़ ली और राम प्याली से चाय की चुस्की लेने लगा।

"आज रात को यहीं सोना है, लेकिन कल सुबह टिकट मिला तो रात आठ बजे की रेलगाड़ी से अयोध्या को प्रस्थान करूँगा।"

वैदेही ने चाय पीकर प्लेट और प्याली रसोईघर में जाकर रखी। वापस कमरे में आयी तो राम उसकी किताबें अचरज से देख रहा है। मेडिकल की परीक्षा की तैयारी ज़ोर-शोर से चल रही है।

"वैदेही मेरी शादी करने के लिए मेरे शहर में और प्रदेश में लड़कियाँ देखी जा रही हैं। मुझ पर भी दबाव डाला जा रहा है, अगर घर वालों ने मेरी शादी कर दी तो तुम्हें तुम्हारा राम दुबारा नहीं मिलेगा।"

"छोड़िए भी, सब बकवास है, रहने दीजिए। मत छेड़िये, मुझे पढ़ने दीजिए।" वैदेही ने राम की बात टाल दी।

"पढ़ो, ख़ूब पढ़ो, मुझे भूल जाओ, मैं भी आगे कभी तुमसे नहीं मिलूँगा।" राम किंचित् रोष में आ गया। वैदेही मन ही मन मुस्कुरा रही है।

माँ-पिता जी को राम को देखकर ख़ुशी का कोई ठिकाना नहीं था। आज तो गरम-गरम गाजर का हलवा और मटर की कचौरी का नाश्ता बना है। चंचल भी राम को तुलसीदास का यह पद गाकर सुना रहा है–

ठुमक चलत रामचन्द्र बाजत पैजनियाँ,
विद्रुम से अरुण अधर, बोलत मुख मधुर-मधुर
सुभग नासिका में चारु, लटकत लटकनियाँ...

चंचल का स्वर सुरीला है और सुमधुर भी। चंचल को भी भगवान राम के पद और भजन गाने में आनन्द आता है। राम ने एक बार भी वैदेही को नहीं देखा। राम को सुबह अयोध्या जाने का टिकट मिल गया। राम माँ-पिता जी और चंचल के साथ ही घर से निकल गया। राम कुछ समय सूरत के बाज़ारों को देर तक देखता रहा। राम प्रसन्न होकर दोपहर में वैदेही के घर लौटा और अपना सामान बाँध लिया। वैदेही बैठक में आ गयी। उसके हाथ में एक थाली है तथा थाली में मेथी के थेपले। वह राम को थेपले खिलाने के लिए पास आयी। राम उसे अनदेखा न कर सका। उसने हाथ में मेथी के थेपलों की थाली ले ली। राम को वैदेही का चेहरा रुआँसा-सा दिखाई पड़ा। वैदेही का भोला मुखड़ा तो राम के लिए सुख की परिभाषा है।

"यह तुम्हारे लिए टिकट है, अगर मेरे साथ चलना चाहो तो रात आठ बजे अपना सामान लेकर स्टेशन पर आ जाना।" राम ने वैदेही को एक टिकट अयोध्या जाने के लिए पकड़ाया और अपना सामान उठाकर वैदेही के घर से चल दिया। वैदेही पलकें झुकाकर दरवाज़े पर खड़ी हो गयी। तक़रीबन आधे घण्टे वह यूँ ही स्थिति की गम्भीरता को समझने के लिए खड़ी रही। पूरा घर सुव्यवस्थित कर एक कप चाय बनाकर पीने लगी। उसे ख़ुशी का अहसास हुआ। किताबों के पन्ने पलटने लगी। उसने टिकट ग़ौर से देखा और ब्रीफ़केस में अपने कपड़े भरने लगी। सबसे ऊपर उसने राम का दिया हुआ उपहार, वह लाल ज़रीदार और गोटे वाला लहँगा रखा।

चमकती-दमकती लाल चुनर के अन्दर टिकट लपेटकर रख दिया। ब्रीफ़केस बन्द करके पलंग के नीचे रख दिया। ब्रीफ़केस में आधार कार्ड, दो किताबें, दो कॉपी, दो पेन, एक नोटबुक और आज का स्पेशल नाश्ता भी टिफ़िन में भर लिया। माँ और दादी की साड़ियाँ जो राम अयोध्या से लाया है, उनके ऊपर एक चिट्ठी लिखकर रख दी।

"प्यारी माँ,

यह सभी उपहार राम आप सबके लिए लाये हैं। मेरे लिए भी एक लाल रंग का ज़रीदार गोटे वाला लहँगा और चुनरी बनाकर लाये हैं। मुझे अयोध्या तक जाने के लिए रेलवे का टिकट भी दिया है। आज रात आठ बजे की रेलगाड़ी से मैं राम के साथ अयोध्या जा रही हूँ। मेरा इन्तज़ार मत करना।

आपकी बेटी वैदेही"

चंचल खेलकर घर लौट आया। वैदेही ने सब्ज़ी काटी, आटा गूँथा और रोटियाँ बना दीं। रहीम भाई और शबाना भी का टिफ़िन भी बना दिया। पौने सात बज रहे हैं। चंचल से कहा कि, "मैं राम के साथ अयोध्या जा रही हूँ, मेरा इन्तज़ार मत करना।"

सुनु सिय सत्य असीस हमारी। पुजिहि मन कामना तुम्हारी।।

रेलगाड़ी आ रही है छुक-छुक-छुक-छुक।
वैदेही के दिल की धड़कन धक-धक-धक-धक।

आजू-बाजू देखा, इधर-उधर भी दृष्टि दौड़ाई, किन्तु राम कहीं नहीं दिखा। घबराकर रेलगाड़ी के डिब्बे में चढ़कर अपनी सीट ढूँढ़कर बैठ गयी। बेचैनी हो रही है। वह खिड़की से बाहर प्लेटफ़ार्म पर आते-आते लोगों को देखने लगी। प्लेटफ़ॉर्म पर सभी चेहरे अपरिचित हैं।

मन तो कह रहा है वापस घर लौट जाये, लेकिन क़दम साथ नहीं दे रहे हैं। नेत्र हर यात्री में राम की तलाश कर रहे हैं। एक के बाद एक सभी यात्री अपनी सीट पर बैठ गये। केवल वैदेही के सामने वाली सीट ख़ाली है। अँधेरा बढ़ गया। डिब्बे के अन्दर प्रकाश में एक बार टिकट ग़ौर से देखा, यही रेलगाड़ी का नम्बर है और इसी डिब्बे में यही सीट का नम्बर है।

मोबाइल फ़ोन की धण्टी बज रही है। वैदेही ख़ामोश है। जीवन में दूर तक सन्नाटा है, उसकी आँखों में कोहरा छा रहा है। राम की तलाश करते हुए अश्रुधारा भी बहने लगी है। रेलगाड़ी बस निकलने को ही है। उद्घोषणा जारी है। तभी पिता जी का फ़ोन कॉल आने लगा। वैदेही के फ़ोन पर रिंगटोन बज रही है–*राम सिया राम सिया राम जय जय राम...*

वैदेही से पिता जी कह रहे हैं। बार-बार समझा रहे हैं, "वैदेही घर आओ।" वे घबरा रहे हैं।

"ऐसे अकेले तुम कहीं नहीं जा सकती हो, वैदेही! हम सब साथ अयोध्या में भगवान श्रीराम के दर्शन करने जायेंगे। अभी घर वापस आ जाओ।"

वैदेही के होंठ काँप रहे हैं, उसे भी चिन्ता सता रही है।

"राम..."

यकायक खिड़की से राम दिखा।

"राम-राम..." पुकारते हुए वैदेही रेल के कोच के दरवाज़े पर आ गयी।

"वैदेही...वैदेही...।" राम ने वैदेही को देखकर ख़ुशी से हँसकर कहा। वैदेही ने राम का हाथ पकड़ा और शीघ्र ही राम अपने सामान के साथ रेल के कोच में अपनी सीट पर विराजमान हो गया। फ़ोन पर अभी भी पिता जी एक ही बात कह रहे हैं :

"वैदेही...सुन रही हो, समझो बिटिया, घर वापस आओ।"

"राम के साथ मैं अयोध्या जा रही हूँ।" वैदेही ने कहा।

"हमें आशीर्वाद दीजिए, पिता जी।" राम ने सविनय कहा।

"कौन बात कर रहा है?" पिता जी ने हैरानी से पूछा।

"मैं राम बात कर रहा हूँ आपसे। मेरे साथ वैदेही अयोध्या जा रही है। हमें आशीर्वाद दीजिए पिता जी।" राम ने कहा।

"...वैदेही के राम!" पिता जी हँसने लगे।

"अच्छा है, दोनों ख़ुश रहो।"

तभी माँ भी पिता जी से बात करने लगी। आश्चर्य चकित होकर पूछने लगी...

"आप किससे हँस-हँसकर बात कर रहे हैं?"

"वैदेही के राम!" पिता जी ने फ़ोन माँ के हाथ में थमा दिया।

रघुकुल रीत सदा चली आई। प्राण जाये पर वचन न जाई।

रेलगाड़ी ने सूरत स्टेशन छोड़ दिया और पटरी पर तेज़ी से दौड़ने लगी। निश्चितन्ता से वैदेही अपनी सीट पर बैठी है और सामने की सीट पर प्रसन्न होकर भावविभोर बैठे हुए हैं राम।

"वैदेही के राम।"

आशियाना है

कभी डगर, कभी नगर, कभी सराय, कभी नहर, सुन्दर और छबीली पनिहारिनें पानी की मटकी अपने सिर पर रखकर नाज़ुक क़दमों से पगडण्डियों पर चलती हुई कभी अपना घाघरा ऊपर की ओर उठाती हैं, तो कभी अपनी चुनरी सिर से नीचे की ओर खींचती हुई एक ही सुर में लोकगीत की पंक्तियाँ गुनगुनाती हैं। छम-छम-छम-छम पायल की ध्वनि कुछ देर कानों में बज रही है। अचानक चूड़ियाँ खनकती हुई जान पड़ीं और खन-खन-खन कंगन की आवाज़ में एक जल से भरी मटकी गिरकर टूट गयी।

खटाक...

"अर-अर-अरे, टूट गयी रे, मेरी मटकी।" जानकी काकी घबरा गयीं।

सभी पनिहारिनें कुछ देर के लिए रुकीं, रास्ता साफ़ किया, अनोखी ने अपनी जल से भरी दो मटकियों में से एक मटकी जानकी काकी को दी और बिना रुके एक ही सुर में लोकगीत गाती हुई सभी पनिहारिनें हवेली की सीढ़ियाँ चढ़ने लगीं। साल 1993 के पहले ये निवासी हिन्दुओं के मुहल्ले में रहते थे। भोपाल शहर में वर्ष 1992 के दिसम्बर महीने में बाबरी मस्जिद को अयोध्या में तोड़ देने के साथ ही हिन्दू और मुसलमानों के बीच धर्म का कवच हट गया और साम्प्रदायिक दंगे होने लगे। खिलते हुए सुमन, महकते हुए उपवन साम्प्रदायिक दंगों की आग में भस्म होने लगे। एक हवेली के मालिक ने इन दस हिन्दू परिवारों को अपनी हवेली में छिपने की जगह दी थी।

"आप भी सोच रही होंगी, दीदी कि इतने सुन्दर और प्यारे शहर भोपाल में भी क्या साम्प्रदायिक दंगे हुए होंगे? तो हाँ दीदी, आपके इस शहर से जाने के बाद तो प्रेम और ख़ुशी काग़ज़ी बातें रह गयीं। अब ईद की सेवइयाँ और दीवाली की मिठाइयाँ हम इन्हीं दस हिन्दू परिवारों के साथ खाते हैं। वाहिद मियाँ की पत्नी नजमा तो वहीदा को दो बरस का छोड़कर जन्नत को निकल गयी।"

राहत की आँखों में उन भयानक दंगों का ख़ौफ़ देखकर दीदी को भी कँपकँपी आ गयी।

"तुम भी यहीं रहते थे।" दीदी ने पूछा।

"कहाँ जाऊँगा, दीदी? वाहिद मियाँ ने ही अपने भाई की तरह साथ रखा हुआ है। मेरी पढ़ाई से लेकर अंजुम से निकाह तक सभी कुछ ख़र्चा वाहिद मियाँ ने अपनी देखरेख और रजामन्दी से किया। बदले में दिन-रात मैं उनकी हवेली की देखभाल करता था। अब तो मैं और अंजुम अपने पुराने घर का पुनर्निर्माण करा रहे हैं, दो वर्ष बाद हम वहीं रहेंगे।" राहत ने यह कहकर अंजुम को आवाज़ दी।

"अंजुम बीबी, हम भोपाल की सैर करने जा रहे हैं, आप भी हमारे साथ चलेंगी तो हमें ख़ुशी होगी।"

अंजुम की आँखों में चिंगारी जैसा है कुछ, अंजुम अकस्मात् ही राहत के सामने आकर खड़ी हो गयी।

"वाहिद मियाँ भोपाल में नहीं हैं, ऐसे में हवेली में वहीदा को अकेला छोड़ना ठीक नहीं है। वहीदा अपने कमरे में ही रहती है, उसकी उम्र भी बीस वर्ष हो गयी है, ज़ुकाम रहता है, इसलिए इलाज चल रहा है। लखनऊ के नवाबों के यहाँ से पैगाम आया था लेकिन दो बरसों से जुकाम ठीक ही नहीं होता है।" अंजुम ने कहा, "दीदी आप तो बेहतरीन डॉक्टर हैं, आप ही कोई दवाई ला दो।"

दीदी ने अपना मेडिकल बॉक्स उठाया और वाहिदा के कमरे की ओर निकल गयीं। जाते हुए अंजुम से कहा, "ठीक है, मैं पहले वहिदा का चेकअप कर लेती हूँ।"

"बीच में टोकने की क्या ज़रूरत थी?" राहत ने अंजुम से हैरत से पूछा। उसने सामान्य होने की चेष्टा की।

"अरे! आप भी डर गयी हैं, बीबी! आपके लिए भी दवाई ले आयेंगे।"

सुरम्या दीदी को लेकर राहत रोशनपुरा, फिर हर्षवर्धन नगर पहुँचा। कभी यहीं पर तो उनके घर हुआ करते थे। अक्सर ही जितेन्द्र, राशि, वाहिद मियाँ के साथ दीदी न्यू मार्केट जाती थी। राहत और रज्जो उनसे चार वर्ष छोटे थे, वे भी साथ हो लेते थे। स्कूली पढ़ाई पूरी करते-करते ही रज्जो और राशि तो अरेरा कॉलोनी में अपने परिवारों के साथ बँगलों में रहने लगी। जितेन्द्र के परिवार ने लाल घाटी के पास एक घर रहने के लिए लिया। वाहिद मियाँ ने भी भोपाल शहर में एक हवेली ख़रीद ली। जहाँ उनका परिवार रहता था। सुरम्या और जितेन्द्र ने मेडिकल कॉलेज में प्रवेश लिया,

दोनों डॉक्टर बने। उसके बाद उन्होंने अब जयपुर में शादी कर ली और जयपुर में ही अपना नर्सिंग होम चला रहे हैं।

गुलाबी शहर में सुरम्या और जितेन्द्र ने अपनी ज़िन्दगी को गुलाबी कर लिया।

राहत कार चला रहा है और सुरम्या कार की खिड़की खोलकर, भोपाल शहर की सुगन्धित बयार का आनन्द ले रही है। शहर एक ख़ूबसूरत तस्वीर ही जान पड़ रहा है। शहर के घुमावदार रास्तों से गुज़रते हुए सुरमई सूरज की लालिमा आनन्दोत्सव मनाने लगी, तभी चम्पा के फूलों की सुगन्ध ने वातावरण को महका दिया।

भोपाल के सबसे व्यस्त इलाक़े के ट्रैफ़िक ने सचेत तो किया, लेकिन अव्यवस्थित और अप्रत्याशित घटनाओं ने सुरम्या को व्यथित कर दिया। मेडिकल स्टोर पर पहुँचकर सुरम्य ने वहीदा और अंजुम के लिए आवश्यकता के अनुसार दवाइयाँ ढूँढ़ निकाली। राहत मुग्ध होकर दीदी की लिखावट में सफ़ेद पर्ची पर दवाओं के नाम पढ़ रहा है। "दीदी, आपकी लिखावट तो चाँद में सुरमे की तरह ग़ज़ब है, अभी भी अक्षरों में दवाइयों के नाम भली-भाँति समझ में आ रहे हैं और दुआओं के पैग़ाम आपकी जैसी डॉक्टर की लिखावट में मुस्कुराते हैं।"

सुरम्या को अपनी ओर देखता पाकर राहत ने झट से पूछा "वहीदा इन दवाइयों की ख़ुराक लेगी तो सेहतमन्द हो जायेगी, न दीदी! आप भी हमारे साथ लखनऊ चलेंगी वहीदा के निकाह में शामिल होने। क्यों दीदी, इतने बरस बाद हमारी याद आयी तो सही! अच्छी दीदी, लखनऊ के नवाबों के यहाँ वहीदा के निकाह में ठाठ-बाट भी देख लीजिएगा। आयेंगी न आप, दीदी!"

"हाँ, नेकी और पूछ-पूछ।" सुरम्या हँस पड़ी।

"राहत मियाँ आपने अपनी शादी का तो न्योता दिया ही नहीं था।" सुरम्या की इस बात से राहत झेंप गया।

"मेडिकल स्टोर का काम कौन देखता है?" राहत ख़ामोश है।

"कहिए राहत मियाँ, आप कुछ कहते क्यों नहीं?"

"दीदी, भोपाल नगर में जब दंगे हुए थे तब मैं फ़ार्मेसी की पढ़ाई पूरी नहीं कर पाया। वाहिद भाई ही दुकान देखते हैं। नजमा भाभी तो चल बसीं लेकिन उनकी छोटी बहन सकीना भी मेडिकल स्टोर का काम देखती हैं। सकीना भी फ़ार्मेसी में ग्रेजुएट है और अब पोस्ट ग्रेजुएशन की पढ़ाई कर रही है। कॉलेज ही गयी है। यह प्रवीण तो अपनी जानकी काकी का बेटा है और वह अनोखी का पति रंजीत है। वे दोनों

इसी स्टोर पर काम सीखते हैं। वाहिद भाई इन्दिरा गांधी नेशनल ओपन यूनिवर्सिटी से इनकी बीएस.सी. की पढ़ाई भी करा रहे हैं।"

"बहुत भलाई का काम कर रहे हैं वाहिद मियाँ।" सुरम्या ये कहकर भोपाल के ताल के समीप पहुँची। सुरम्या और राहत भोपाल के जगमगाते गहरे ताल की गहराई का अन्दाज़ा लगा रहे हैं।

सुरम्य नगर है,
सुरम्य डगर है,
सतही है जीवनधारा।
ताल की सैर में,
इन्सानों के बैर में,
भटकी है जीवनधारा।
एक घिनौने सत्य से,
लाखों की नफ़रत से,
बदली है जीवनधारा।
ख़ुशियों के तरानों में,
यादों के ख़ज़ानों में,
सँभली है जीवनधारा।

"दीदी, आप अकेली ही आयी हैं भोपाल शहर में, वो आपके पति नहीं आये हैं।"

"मेडिकल कॉन्फ्रेंस में आयी हूँ। कल सुबह मेडिकल कॉलेज जाऊँगी।" सुरम्या ने आत्मविश्वास से कहा।

"अंजुम से निकाह दस बरस पहले हुआ था। अंजुम से बच्चे की उम्मीद ही नहीं रही। हर तरफ़ उदासी है, दहशत का माहौल है, सुकून की तलाश है।"

सुरम्या ने एक सिरप की बॉटल और कैप्सूलों का एक पैकेट राहत के हाथ में थमा दिये।

"ये अंजुम के लिए दवाइयाँ हैं, अगली बार तुम्हारा आशियाना बच्चों की किलकारियों से गूँजता हुआ देखने के लिए आऊँगी। मैं जयपुर से घेवर और कचौरियाँ भी लाऊँगी।" राहत खिसियाकर रह गया।

"न्यू मार्केट से कचौरी-समोसे और मालपुए लेकर हवेली को वापस चलते हैं।"

"दीदी, ज़रा ठहरिए।" राहत ने टोका

"आप को याद है न, आप हर्षवर्धन नगर में रहती थी और मैं रोशनपुरा में, तब आप मुझे फ़ार्मेसी की परीक्षा की तैयारी करा रही थीं।"

सुरम्या ने याददाश्त पर ज़ोर डाला। नीला, शान्त ताल अपनी मादकता से आकर्षित कर रहा है, एक मोटरबोट उस ताल में तैर रही है। ऐसी ही तो शाम थी जब उसको जितेन्द्र ने अपने लाल घाटी के पास बने घर पर ले जाने की ज़िद की। जितेन्द्र उसका सहपाठी थे। जीवविज्ञान विषय के हर प्रश्न का उत्तर उसे मुँह-ज़ुबानी याद था। जितेन्द्र के साथ ही तो सुरम्या ने जीवविज्ञान विषय का अध्ययन करना चाहा! फिर मेडिकल की प्रवेश परीक्षा दी और डॉक्टर बनने का सपना देखा।

"नहीं, मैं नहीं आ सकती हूँ। शाम हो गयी है, घर लौटना है।" सुरम्या ने इनकार किया।

"एक घण्टे बाद तुम्हें तुम्हारे घर तक छोड़ दूँगा।" जितेन्द्र चमचमाती मोटरसाइकिल पर सवार होकर उसे स्टार्ट करने लगा।

"सुनो जितेन्द्र, मुझे घर में दीया-बाती करने के लिए शाम को ही लौटना पड़ता है।"

जितेन्द्र बुरा मान गया। भोपाल का ताल अनभिज्ञ है। डॉक्टरी की पढ़ाई में सुरम्या ने कोई कसर बाक़ी न रखी। जितेन्द्र और सुरम्या के घरों की पुरानी परम्पराओं ने उनमें दूरियाँ उत्पन्न कर दीं।

वाहिद मियाँ पड़ोस के बशीर मियाँ के साथ यदा-कदा सुरम्या के घर चले आते थे। उन्होंने मेडिकल की प्रवेश परीक्षा तो नहीं दी परन्तु मेडिकल स्टोर खोलने के लिए फ़ार्मेसी की पढ़ाई करना प्रारम्भ कर दिया था। मोटरबोट ताल के किनारे आकर रुक गयी। सुरम्या मोटरबोट में बैठकर ताल की सैर करने लगी। सपाट और सतही जल एक प्रकार की लय को केन्द्रित कर रहा है। वाहिद मियाँ के निकाह का निमन्त्रण-पत्र लेकर सुरम्या और राहत जितेन्द्र के घर गये। वहाँ अंकल रॉबर्ट और महेन्द्रप्रताप, जो जितेन्द्र के पिता थे, किसी ख़ास विषय पर वार्तालाप कर रहे थे। वह हाथ में निमन्त्रण-पत्र लेकर बैठक के अन्दर गयी। उसके हाथ से निमन्त्रण-पत्र छीना जा चुका था। रॉबर्ट अंकल की बेटी मिस रोज़ी ने उस निमन्त्रण-पत्र को खोलकर पढ़ना शुरू किया तथा जितेन्द्र ने सुरम्या को अनदेखा कर सुनने का अभिनय किया। सुरम्या उलटे पाँव अपने घर की तरफ़ भागी।

वाहिद मियाँ के निकाह में मिस रोज़ी को साथ लेकर ही जितेन्द्र शामिल हुआ।

सुरम्या को जितेन्द्र के उपेक्षित व्यवहार से बेचैनी होने लगी थी। इस दृश्य को सहन करने की शक्ति उनमें नहीं थी। वाहिद मियाँ और नजमा के निकाह के सम्पन्न होते ही सुरम्या वाहिद मियाँ के घर से ऐसे निकली थी कि आज सुबह पाँच बजे वापस आयी। भोपाल शहर आज मध्य प्रदेश की हृदयस्थली की ख़ूबसूरती को उकेरता हुआ सुरम्या की ख़ूबसूरत अदाओं से अँधेरे में भी चमकने लगा। न्यू मार्केट से नमकीन और मीठी स्वादिष्ट खाद्य-सामग्री ख़रीद कर सुरम्या और राहत हवेली आ गये। हवेली में रात्रि की मस्ती जगमगा रही है, सभी औरतें रंग-बिरंगी वेशभूषा में सुसज्जित होकर गपशप कर रही हैं। वहीदा ने आसमानी नीले रंग का शरारा पहना है, चेहरे पर जैसे उजाला बिखरा हुआ है, नैन-नक़्श तो ठीक ही है लेकिन रहन-सहन में शहजादी-सा अहसास है। अंजुम ने सभी को सुरम्या की लायी हुई कचौरियाँ, समोसे और मालपुए तश्तरी में परोसकर खाने को दिये। अभी भी वाहिद मियाँ वापस नहीं आये थे।

रात के दस बज रहे हैं। सभी अपने-अपने कमरे में सोने चले गये। सुबह सात बजे ही चाय पीकर तैयार होकर सुरम्या मेडिकल कॉलेज में कॉन्फ्रेंस के लिए निकल गयी। एक पर्स और एक छोटा बैग ही साथ में लायी थी। शाम चार बजे जब कॉन्फ्रेंस ख़त्म हुई तो ऑटो में अकेली ही भोपाल के ताल तक पहुँची। भोपाल शहर के बड़े ताल को देखकर अपने जीवन के अनुभवों और कल्पनाओं के बीच सामंजस्य बनाने की कोशिश कर रही है। ऑटो से उतरकर बड़े ताल के पास पहुँची और वह हसीन पल याद करने लगी। मेडिकल की पढ़ाई पूरी करने के बाद वह जयपुर के अस्पताल में डॉक्टर बनकर गयी। दो वर्ष उसने जयपुर के अस्पताल में मरीज़ों की लगन से सेवा की। एक दिन भोपाल से उसके घर वाले उसकी शादी के लिए एक राजस्थानी परिवार के डॉक्टर से रिश्ते की बात करने आये। वे सभी सुरम्या को लेकर एक बँगले में गये।

राजस्थानी परिवार के सदस्य मौजूद थे, उन्हें सुरम्या पसन्द आ गयी, उनका भांजा डॉक्टर था, जो अगले वर्ष लन्दन से जयपुर आने वाला था। जयपुर शहर की लुभावनी हँसी सुरम्या को उदासी छोड़ने के लिए उकसा रही थी। सुरम्या का रिश्ता घर वालों ने तय कर दिया।

अगले वर्ष लन्दन से जयपुर सुरम्या से मिलने लड़का आया तो सगाई समारोह का आयोजन हुआ। हाथ में अँगूठी लिये सामने जितेन्द्र खड़ा था। दोनों की सगाई हो गयी। जयपुर शहर में ठाट-बाट से शादी भी हो गयी। जयपुर शहर में जितेन्द्र का ननिहाल था। सुरम्या की मनोकामना पूर्ण हुई। उनके पैर ज़मीन पर नहीं पड़ते थे।

एक बालक है दस वर्षीय, जिसके नाम पर उन्होंने जीवन नर्सिंग होम की स्थापना की है। जीवन की अनुपस्थिति का अहसास हुआ और सुरम्या ने समझा कि भोपाल शहर ने उनके जीवन के हर पन्ने को अपनी अदा से सँवारा है।

जीवन को देखकर ही उसे अपने जीवन का अहसास होता है। पुत्र माँ की ज़िन्दगी में एक जीवन का अस्तित्व ही रखता है।

भोपाल के ताल से,
भोपाल के राग से,
भोपाल के नवाब से,
भोपाल के रुआब से,
सुरमई शहर झलकता है।
नीला अम्बर ठहरता है।
इक आशियाना रोज़ बसता है।

'आशियाना है।' किसी ने ज़ोर से आवाज़ लगायी।

सुरम्या ने पीछे मुड़कर देखा, वाहिद मियाँ एक नयी-नवेली मोटरसाइकिल पर बन-ठनकर सवार हैं। वाहिद मियाँ मुस्कुराये। उन्होंने मोटरसाइकिल स्टार्ट की, थोड़ा-सा पीछे की ओर चलाया, फिर दाँयें, अब बायें और सुरम्या के पास आकर मोटरसाइकिल खड़ी कर दी।

"यहाँ अकेली क्यों खड़ी हैं?"

सुरम्या भी मुस्कुरायी और चलने लगी।

वाहिद ने मोटरसाइकिल स्टार्ट की और कहने लगा, "चलिए आपको आशियाना बुला रहा है।"

सुरम्या ने न सुनने का बहाना किया। वाहिद चिल्लाया, "बैठिए डॉक्टरनी साहिबा, आशियाना हमारा इन्तज़ार कर रहा है।"

सुरम्या ने क्षण भर के लिए सोचा और उत्साह से ऑटो की पिछली सीट पर बैठ गयी।

"आशियाना...हाँ...आशियाना है।"

लाल घाटी के घुमावदार मोड़ से गुज़रते हुए जितेन्द्र का पुराना घर नज़र आ रहा है। वाहिद की मोटरसाइकिल ने रफ़्तार ली तो ऑटो वाले ने भी रफ़्तार बढ़ाई। भोपाल की सरज़मीं अपनी जीवन्तता को महसूस कर रही है, आशियाना दुबारा अपने पर नाज़ करने को तैयार है।

❑❑❑